U0097924

BAD MONKEYS

壞猴子

MATT RUFF 麥特・羅夫——著

聞若婷——譯

壞猴子

目錄

獻給Phil

該隱對他弟弟亞伯說：「我們到田間去……」

——〈創世紀〉第四章第八節

良知：在我們內心警告可能有人在看我們的聲音。

——美國記者 H・L・孟肯

白色的房間 I

缺乏靈感的劇作家盯著白紙時，可能就會想出這樣的場景：白色牆壁、白色天花板、白色地板。不至於毫無特徵，但少到讓人懷疑眼前寥寥可數的物品，全都會在接下來的情節中發揮重要作用。

一張長方形白色桌子邊靠著兩張椅子，其中一張坐著個女人。她的手擱在面前，銬著手銬；她身上的橘色連身式囚服，原本鮮艷的色調在這滿室白中顯得黯淡。桌子上方的牆上掛著一幀微笑政治家的肖像，女人偶爾會抬起眼皮看看照片，或是望向這房間唯一出口——一扇門，不過多半時候她只是盯著自己的手，等待著。

門開了，穿著白外套的男人走進來，帶來更多道具：一個文件夾，還有一台手提式錄音機。

「哈囉，」他說，「珍・夏綠蒂？」

「在。」她應道。

「我是韋爾醫師。」他把門關上，然後走到桌邊。「如果妳不介意的話，我是來進行訪談的。」看她聳聳肩，他問：「妳知道這裡是什麼地方嗎？」

「除非他們把房間搬到另一個地方……」然後：「拉斯維加斯，克拉克郡立看守所。瘋子區。」

「那妳知道妳爲什麼會在這裡嗎？」

「我進監獄是因爲我殺了不該殺的人。」她直言不諱，「至於我爲什麼在這個房間，和你在一起，我猜與我被逮捕時對警官說的話有關吧。」

「是的，」他朝空椅子比了比，「我可以坐下來嗎？」

又是聳肩。他坐下來，把錄音機湊到嘴邊，一板一眼地唸道：「二〇〇二年六月五日，大約上午九點四十五分。我是理查・韋爾醫師，與病患珍・夏綠蒂進行談話，她來自……妳目前的住址是？」

「我算是居無定所。」

「……她沒有固定住址。」他把運轉中的錄音機放在桌上，打開文件夾。「所以……妳對逮捕妳的警官說妳效力於一個打擊犯罪的組織，那個祕密組織的名稱是壞猴子。」

「不對。」她說。

「不對？」

「我們打擊的不是犯罪，而是邪惡。這不一樣。而且壞猴子組是我所屬的部門名稱，整個組織並沒有特定名字，至少我沒聽說過。我們都只說『組織』。」

「那『壞猴子組』是什麼意思呢？」

「這是個暱稱，」她說，「所有部門都有暱稱。正式名稱太長又太複雜了，只適合寫在信紙的信頭，所以大家開始使用簡短的版本。譬如說行政部門好了，他們的正式名稱是『資源與人員之極致運用部門』，但每個人都只稱他們為『成本效益組』。還有情蒐單位，他們是『無所不在的間歇性監視部門』，但平常對話時他們只是『環形監獄組』【譯註】。再來就是我的部門，『無可救藥者的最終清除部門』……」

「無可救藥者。」醫生露出微笑，「壞猴子。」

「沒錯。」

「不過不是應該叫壞猩猩才對嗎？」看她沒反應，他開始解釋：「人類和大猿的關係比較近，相對於——」

「你講話好像菲爾喔。」她說。

「誰？」

「我弟弟菲立普，他也很愛雞蛋裡挑骨頭。」她聳聳肩。「對啦，嚴格來說，好像應該

譯註：環形監獄（panopticon）又譯作圓形監獄或全景監獄，為英國哲學家邊沁（Jeremy Bentham）於一七八五年提出的概念，將監獄囚室排列成環狀，由位於圓心的高塔監視，因逆光效應，囚犯無法判斷自己當下是否被監視，而能令囚犯感到時時刻刻被監視。

是猩猩而不是猴子。還有嚴格來說——」她抬起手臂晃了晃手環，「——這些應該叫『腕銬才對，可是卻叫手銬。」

「話說妳在壞猴子組工作，」醫生問，「你們是做什麼的？懲罰邪惡的人嗎？」

「不，通常我們只是殺了他們。」

「殺死不算懲罰嗎？」

「如果是爲了報復而殺就算是。但那不是組織的宗旨，我們只是想讓世界變得更好。」

「藉由殺死邪惡的人。」

「不是『所有』人，只有成本效益組判定如果繼續呼吸，造成的傷害會遠大於好處的那些人。」

「妳殺人會於心不安嗎？」

「通常不會。這和當警察不一樣。我是說警察得應付形形色色的人，有時候爲了執法，他們得嚴厲處罰某些其實不那麼壞的人。我能體會那會讓人備受良心譴責。可是我們壞猴子組對付的人不會讓你產生任何心結。」

「妳被逮捕是因爲殺了一個男人，他姓——」

「狄克森，」她說，「他不是壞猴子。」

「不是？」

「他是個爛人，我不喜歡他，但他並不邪惡。」

「那妳爲什麼殺他？」

她搖頭。「我不能就這樣告訴你。就算我認爲你會相信我，你也聽不懂，除非我先告訴你其他所有事。但那太冗長了。」

「今天上午我並沒有別的計畫。」

「不，我是說眞的很『冗長』。今天上午我或許能起個頭；可是要講完整個故事要花上好幾天。」

「妳應該知道妳會在這裡待一陣子吧。」

「當然，」她說，「我是殺人犯。但那不等於你就該浪費時間。」

「妳想把故事講出來嗎？」

「我想有一部分的我是想的吧。我是說，其實我不必對警察提到壞猴子組的。」

「唔，如果妳願意講，我就願意聽。」

「你會認爲我瘋了。你很可能已經認爲我瘋了。」

「我會試著保持開放的心態。」

「那沒有用。」

「我們何不直接開始，看看效果怎麼樣？」醫生提議，「說說妳一開始是怎麼和組織牽上線的。妳替他們做事多久了？」

「大概八個月。我是去年世貿中心雙塔倒塌以後被他們吸收進來。但那其實不是開始。

我第一次和他們有交集的時候，還只是青少年。」

「發生什麼事？」

「我誤打誤撞闖進壞猴子組的行動現場。很多人都是這樣被吸收進來的：他們在錯的時間來到錯的地點，攪和進組織的行動，雖然他們並不了解狀況，卻展現出足夠潛力，因而引起組織的注意。然後之後——也許過幾天，也許過幾十年——有了職務空缺，新血組就會去找他們。」

「說說妳誤闖的是什麼樣的行動現場吧。」

「嗯，一切都是從我發現高中的工友就是死亡天使開始的……」

再度被視為壞肧子的神探南西

那是一九七九年秋天的事。那時我十四歲，從家裡被送走，去與我姑姑和姑丈一起住。

「家在哪？」

舊金山。海特艾許伯里區，就是那個有名的嬉皮區。查理・曼森【譯註】以前的地盤。

「妳為什麼被送走？」

主要是防止我媽殺了我。那一年我們可說從頭吵到尾，但夏天快結束時，狀況變得特別糟。你知道，變成肢體衝突。

譯註：即查爾斯・曼森（Charles Manson, 1934-2017），美國罪犯，曾當過歌手，一九六〇年代晚期創立邪教社群「曼森家族」，曼森本人和其追隨者被控犯下多起謀殺案。

「妳們為什麼爭執？」

還不就那些老套的情節。男生。毒品。我整夜沒回家，和朋友在一起鬼混。再加上我弟的事。我爸幾年前就閃人了，我媽爲了養我們，每天工作十二個小時，她恨透了這事，所以我應該要負責看好菲爾，而我也恨透了這事。

「菲爾多大？」

十歲。聰明的十歲，我的意思是他夠懂事，不會喝漂白水或是放火燒公寓。再加上他眞的是很內向的孩子，只要有本書可看，就能安靜坐著幾小時的那種。這是我痛恨看管他的其中一個原因：根本沒什麼好顧的。感覺就像在當寵物石頭的保姆。所以有很多時候，我會帶菲爾出去，把他安置在某個地方，然後就去做我自己的事，晚點再回來接他。如果我媽比我們早到家，或是她在上班空檔打回來關心我們，我會編一些故事，說我帶菲爾去動物園了——而菲爾也會附和我的說詞，因爲我威脅他如果不幫忙掩飾，我就把他賣給吉普賽人。

我用這一招混過關一段時間，但我媽最後還是發現了。有一次我到晚上九點才帶菲爾回家，而她知道動物園沒有開到那麼晚。又有一次，我在唱片行順手牽羊被逮到，等順利脫身時，我寄放菲爾的那間圖書館已經要閉館了，有個圖書館員在書堆間發現他，向警方通報有兒童被遺棄。

那次之後，我媽和我眞的開戰了。她開始說我是壞胚子，說我一定是遺傳了我那一無是處的父親的基因。現在回想起來，我並不怪她——換作是我，我也會口出惡言——不過當時我的心態是：「嘿，我可沒說我想要弟弟，我也沒自告奮勇要當代理媽媽，如果妳現在就覺得我是壞胚子，那等著瞧我眞正努力博取惡名的那一天吧。」

「妳剛才說爭執演變成肢體衝突。」

是啊，甩耳光啦、扯頭髮啦，大部分啦。我也不是打不還手——我們體型差不多——所以不算是家暴，比較算是扭打。不過她比我更火大，三不五時她就會動用武器：皮帶、碗盤，什麼順手就用什麼。而如我所說，我不是打不還手的，但長遠來看，這可不是什麼健康的傾向。

「那妳弟弟呢？妳母親和他的關係如何？」

噢，她很愛菲爾。當然了，他是不讓人操心的孩子。

「她會對他展現關愛嗎？」

她不會拿盤子丟他。除此之外，我不知道耶，也許偶爾會親親他的額頭吧。我並不嫉妒，如果這是你想問的。他們的關係唯一令我不爽的部分，就是我必須待在附近。即使她在家，她還是期望我幫忙照顧菲爾，我覺得眞是完全沒道理。我們爲這件事吵翻了。

「妳就是因為這類爭吵而被送走嗎？」

不是，是因爲另外一件事。與菲爾有關，但其實重點不在他身上。

「發生什麼事？」

其實說來有點好笑。我們這棟公寓對面有一塊很大的空地，有些嬉皮把它變成社區農圃。你可以申請一塊地來種蔬菜什麼的。我朋友小月有些大麻種子，所以我們決定試試看自己種大麻。

「種在公共農圃？」

我知道，這不是最聰明的計畫。但你要了解，我們只看過裝在小袋子裡的大麻，所以對植物本身有多大棵根本沒概念。我們想說，大麻的暱稱和「野草」是同一個字嘛，而野草很小啊。我們以爲能在大麻周圍種一些比較高的植物來遮住它，然後趁別人發現前採收。

所以我申請了一塊地，不過是用菲爾的名字。我以前會把他放著不管的其中一個地點就是這座農圃；他對植物無感，但他喜歡動物，而那裡有一群流浪貓可以陪他玩。我們的大麻田被抄的那天，他就在那裡逗一群貓。

你可能以爲最先發現大麻的會是嬉皮，結果是一個巡邏員警。我敢對天發誓，那傢伙的名字眞的就叫巴斯特．芬德里【編註】。有一天下午，芬德里警官經過農圃的時候，他的罪惡偵測器忽然鈴聲大作，結果一眨眼工夫，他已經把在場的每一個成人按在圍籬上，在他們臉前揮舞申請表，想知道菲爾是哪一個。這時候菲爾走上前拉了拉芬德里警官的袖子，警官問他：「孩子，這些是你種的大麻嗎？」菲爾說是，可是因爲我沒有在他耳邊悄聲說「吉普賽人」，他的謊言不夠有說服力，所以芬德里警官只花了大概十分鐘就問出眞相。再十分鐘後，我從小月家回來接菲爾，結果被逮個正著。

「那位警官有逮捕妳嗎？」

他把我們帶回警局，不過沒有登記我們的名字。他用「恐嚇從善」那一套對付我們：帶我們去看拘留室，介紹我們認識一些被他們關在那裡的遜咖，對我們說了些眞正的監獄還要更爲恐怖的鬼故事。我發現他並不是眞的要對我們做什麼處分之後，就不把他說的話當一回事了，不過我還是假裝配合，因爲我猜等我媽出現以後，我可能需要這傢伙撐腰。所以我開口閉口叫他「長官」，試著表現得像個小淘氣，而不是小賤人。

編註：巴斯特．芬德里警官的原文名字爲Buster Friendly，Buster在英文中有「破壞者」之意，而Friendly則可解作「友善的」。

最後我媽終於到了，她毫不猶豫地直接找上我。到了這個時候，我已經博取到芬德里警官一半的好感，不過他還是想讓我學到教訓，所以如果我媽只是給我幾巴掌，他是不會插手的。但她整個人快氣炸了，高聲尖叫壞胚子什麼的，而且開始……算是掐住我脖子，我也失去冷靜，開始還手，結果演變成大鬧劇，其他房間的警察都跑過來幫忙分開我們兩人。他們把我們隔開以後，找來一位社工，然後我們進行了三小時的「心靈交流」，我媽在那段時間內清楚聲明，如果他們讓我和她一起回家，她不會罰我不吃晚餐就上床睡覺，而是會讓我淹死在浴缸裡。所以他們必須想個B計畫。

最後，我媽答應找精神科醫師做憤怒管理，作爲讓她帶菲爾回家的交換條件，我則留在警察局。芬德里警官和他們一起回家，爲我拿來兩袋衣物，然後他載我去找住在聖華昆谷的姑姑和姑丈。這時候已經是半夜了，而且車程至少有一百六十公里，但他堅持要親自送我去。一開始我心想：哇，他眞的被我扮演小淘氣的演技唬得一愣一愣的。所以我繼續演，繼續耍他，直到我信口開河地講一件關於我媽的事，講到一半，我看到他看我的眼神，這才驚覺：他根本就看穿我了。他知道我在唬爛，但他還是放我一馬，不是因爲他很笨，而是因爲他很寬容。那讓我乖乖閉嘴一段時間。

「妳是覺得感激呢，還是只是難為情？」

都是。聽著，我知道你在想什麼：我的父親在我人生中缺席，而現在有一個象徵權威的男性特地爲我做一些事，如此這般的，應該有什麼象徵意義吧。不過由於他比我所以爲的聰明，我的計畫因此改變。

我是說，我本來就不打算與我姑姑和姑丈住在一起。我已經都盤算好了，我會讓芬德里警官放我下車，我會在那裡過夜，吃一頓早餐，也許偷一點現金，然後就閃人。搭便車回舊金山，看看小月的爸媽願不願意讓我住他們家。可是現在我發現芬德里警官有長大腦，所以他當然知道我在打什麼主意。

我們就快到的時候，他對我說：「珍，幫我個忙。」我說：「什麼忙？」他說：「給它兩星期。」我不必問他：給「什麼」兩星期——我們兩個說話的頻率完全相同。所以我說的是：「爲什麼是兩星期？」他說：「兩星期應該夠讓妳冷靜下來了。到時候妳可以決定妳是不是眞的要做蠢事。」這話小小激怒我，不過不像我預期中那麼生氣，我說：「怎麼，你現在成了我的養父嗎？」他說：「那是我得付出的代價嗎？」這話又讓我安靜了幾秒。最後我說：「二十塊。」他說：「二十塊？」我說：「對，那是你得付出的代價。」但他搖搖頭，說：「妳至少要給它一個月才能收二十塊。」

剩下的車程我們一直在討價還價。一部分的我心想：這太荒唐了。不過我還是不禁對那傢伙心生好感，所以我們是「眞心」在討價還價。最後敲定二十五元，再加上我保證等一個月期限到了，如果我決定要離家出走的話，我會先打給他，給他勸退我的機會。說服我同意最後那一部分是很聰明的一步棋。

「怎麼說?」

唔,他讓我開始喜歡他,對吧?至少是我那個年紀能對成人有的那種程度的喜歡。不過我也不是傻瓜,我知道他在工作時必須應付幾百個孩子,大部分人比我還要歪,所以誰知道一個月後他會不會根本就忘了我。如果我眞的打給他,而他說「哪個珍?」,我知道我的心情不會太美麗。但做人要講信用,所以我如果「不」想打給他,要不就是別離家出走,要不就是等到情況變得夠糟,而我覺得背棄諾言也無所謂的時候。

所以這就是爲什麼我會去我姑姑和姑丈家。爲什麼我會「留在」那裡。

他們住在西耶斯塔科塔,這是西班牙文,意思是「有事就叫醒我」。它位於莫德斯托和佛雷斯諾之間的公路邊,卡車司機或打零工的採果工人所需的一切這裡都有:加油站、雜貨店、快餐店、酒吧、廉價汽車旅館,以及狂熱基督教會。雜貨店老闆就是我姑姑和姑丈。

「他們是怎樣的人?」

老人。他們是我爸那邊的親戚,我爸比我媽老了十五歲,而我姑姑又是他姊姊,所以她的樣子讓人以爲是我奶奶。姑丈比她還老。

「和爸爸的姊姊住在一起,會覺得很彆扭嗎?」

其實不會。這時候我爸已經完全脫離我們母子三人的時候，也和其他親戚斷了聯繫。而且我姑姑和他一點都不像，她是在二戰結束就嫁給我姑丈的，一直住在同一棟房子裡。

「他們對妳去住他們家有什麼想法？」

要是還有其他選項，我想他們不會自告奮勇讓我在他們家住那麼久，不過他們也從沒抱怨就是了。

「這麼說妳和他們處得還不錯囉？」

我其實也別無選擇。他們是我遇過最不可能起衝突的人：就算你有意挑釁，和他們也吵不起來。他們並不是沒有原則，只是他們讓你守規矩的方式是不給你不守規矩的機會。

拿我姑丈來說好了，他是喜歡在睡覺前來一杯威士忌的那種人。我覺得這主意挺不錯的，所以我在那兒待的第二晚，我就趁他去睡覺以後溜進他書房，自行享用他的酒。我沒倒多少，可是每天喝酒的人很清楚他們的酒還剩多少，就算瓶子裡的酒少了零點六公分，他們都會注意到。

好，如果是我媽逮到我喝酒，尤其是喝她的酒，她在兩秒內就會當面質問我。我姑丈一個字都沒提——但是隔天，我經過書房時聽到裡頭有鑽洞機的聲音，晚上我想再來杯睡前酒時，發現酒櫃上多了全新的鎖。很「大」的鎖，和拳頭一樣大，不是能隨便撬得開的。

他們用同樣的方式應付我做的所有壞事。他們從不說教；他們認為我不是不懂是非，但如果我堅持要做錯的事，他們就會想辦法阻絕那種機會。

有一天早上我姑姑問我想不想去店裡幫忙。通常我哪可能會想，但我已經閒得發慌，就說好。一天工作結束後，她給了我五十分錢，以八小時的工資來說可眞廉價，雖說我大部分的時間都在翻雜誌。隔天，一樣的情形。再隔天，我中午左右就蹺頭了，而且我沒等她付我錢，自己就從放錢的抽屜裡摸走兩塊錢。那天晚上睡覺前，我準備把那兩塊錢放進抽屜裡，那是我存放前兩天薪水和芬德里警官給我的錢的地方，裡面應該有二十六塊才對，結果我只看到二十四塊。發生什麼事顯而易見，但我還是把整個抽屜都拉出來，翻過來搖晃，怕是剩下的錢被卡住了之類的。這時一枚二十五分硬幣掉出來。

「妳當天工作半天的工資？」

是啊。

「妳有跟妳姑姑說什麼嗎？」

我能說什麼？把我從妳那裡偷的錢又偷回去很不公平？不管怎樣，我都得把錢交回去，她都比我領先一步。而且不需要浪費力氣在大喊大叫上。我不知道耶，感覺起來……很有效率。

但也很令人挫折。我可能還沒有表示得很明白，在西耶斯塔科塔並沒有很多事讓我做，而一旦你奪走我「不該」做的事，生活會以很快的速度變得無聊。

大約在第十天，我陷入最低潮。我姑姑和姑丈家沒有電視——當然沒有——但他們有很多書，有一天我在窮極無聊下，開始翻看他們的藏書。且慢，我不想讓你誤會。我不是文盲，也不像某些人對書過敏，不過在我偏愛的休閒活動清單上，閱讀比青少年追星雜誌更燒腦的讀物，排名還滿後面的，大概在打羽毛球和拉太妃糖【譯註】附近。不過在那個美好的星期五下午，我確實窩在舒適椅子上，捧讀一本「神探南西」系列懸疑小說。

「我沒想到妳會是『神探南西』系列的書迷。」

其實我並不是。我迷的是潘蜜拉・蘇・馬汀，她是在電視影集中飾演神探南西的演

譯註：製作太妃糖的最後一個重要步驟是拉伸，不斷拉長、折疊再拉長，這個步驟可以讓糖漿內充滿微小氣泡，而使糖果更輕且更有嚼勁。現代多半由機器來執行這個步驟，但早期多爲手工製作，拉太妃糖甚至演變成一種家庭活動，全家在手上抹上奶油防止沾黏來拉太妃糖，可以促進家人感情。

員——「曾經」飾演她，直到她因爲太會惹麻煩而被踢出劇組。她是我的榜樣之一。她在電視上乾淨得發亮，但現實生活中，人人都說她是壞女孩，誰也別想欺負她。她上過《花花公子》，拍過限制級電影——那年她剛好才在《紅衣女郎》中飾演傳奇大盜約翰・迪林傑的女友。所以，因爲潘蜜拉・蘇・馬汀的關係，我把神探南西想像成某種祕密壞胚子，比眞正的她要酷得多。

結果這本書是超級乖乖牌的普遍級，不過我還是被故事情節整個吸進去，等我抬起頭來喘口氣時，整個下午已經快過完了。我意識到這點時眞的嚇壞了，因爲，你知道，在同一個位置一坐坐幾個鐘頭，幾乎沒動過，這是菲爾才會幹的事情。

「擔心妳會變成妳弟？」

是啊。我知道現在聽起來可笑，可是當時呢？對我來說那眞的很令人驚慌。所以我立刻爬起來，去拿了我的錢，然後直奔公路邊。

「那妳答應芬德里警官的事怎麼辦？」

唔，我不是「眞的」要逃走啦。那比較像是試逃——針對搭便車的可行性作個研究。結果時機正好，因爲我站在路邊的時候，看到眞的很有趣的事。

我看到一個女生，和我年紀差不多。她是墨西哥人，不過嘴裡叼著香菸，表示她與我是同一掛的。她坐在快餐店旁邊，他們把大垃圾箱放在那道牆邊。她找來好幾個空的板條箱，把它們堆放成某種獵人掩體，她蹲在裡面，旁邊有一落綠色石頭。後來我走近一看，才發現那些石頭其實是柳橙。那女生有一個自製的彈弓，她用它把未成熟的柳橙發射到馬路對面去。

「射車子？」

那很酷，不過不是，是馬路「對面」，那裡有座加油站。加油站有個男的，和女孩一樣是西班牙裔，不過年紀比較大，十八、九歲吧。他應該負責看管加油泵才對，但他卻在傍晚時分午睡。或該說試著午睡；每次他的頭開始低下來，女孩就會射出一個柳橙。

她並沒有試著直接打中他；那麼一來遊戲就玩不下去了。她瞄準的是加油站屋頂，那屋頂是錫做的。每個柳橙擊中屋頂時都會發出雷鳴般巨響，那男的就會被嚇醒，從屋頂下跑出來看，然後剛好被滾下來的柳橙砸個正著。接著他會站在那兒邊揉腦袋，邊對著屋頂大叫，要那個丟柳橙的人像個男人與他正面對決。

我看著同樣的戲碼上演大概五遍，每一遍都讓我更喜歡那女孩一些。我也不斷靠近她的藏身處，直到我就站在她旁邊。「老天爺，」她終於說，「如果妳要待在這裡，拜託妳蹲下來吧，他可沒『那麼』笨。」

我進到獵人掩體和她蹲在一起。她大嘆一口氣，好像她並不是眞的想有伴，不過接著她就拿出她那包菸請我。我正準備拿時，才發現這菸是糖果做的——所以她也許畢竟不是我這一掛的。不過我還是拿了一根，以示友好。

「那是妳哥嗎？」我問。

「我的『笨蛋』哥哥，」她說，「菲利培。」

「她哥哥也是菲爾？」

是啊，很奇怪的巧合吧。還不是唯一的巧合喔：她本人名叫卡洛塔，卡洛塔・華妮塔・迪亞茲【譯註】。「我是珍・夏綠蒂。」我告訴她，她點點頭，好像她早就知道了，並且說：「妳住在佛斯特夫婦家。」

「暫時是。」我說，「妳呢？」

「我一直都住在這裡。我爸媽在菲利培還是嬰兒的時候就從提華納搬到這裡來。」

「加油站是妳家開的？」

「還有這地方。」她用拇指比向快餐店。「我爸也是教會的執事。」

「哇，」我說，「大人物耶。」

「是啊，我們是鳥不生蛋地方的皇室。」

馬路對面的菲利培坐回他用來當行軍床的草坪椅上。卡洛塔把彈弓遞給我。「記得瞄的位置要高一點。」她說。我聽她的話，果然打中了屋頂，不過柳橙沒有往回滾，而是翻過屋脊從另一側掉下去了。沒差，菲利培仍然跳了起來，這次他沒有繼續午睡，而是跑進加油站辦公室。不久後他又出現，拖著一把工作梯。

「所以，卡洛塔，」我問，「這事妳幹了多久了？」

「妳是說今天，還是泛指？」

「妳經常做這件事？」

她聳聳肩。「鎮上又沒有電影院，我總得自己找樂子……來了。」

菲利培架好梯子，開始往上爬。卡洛塔等到他爬上屋頂，然後用最後一顆柳橙把梯子打掉。遊戲結束了。

「那麼，」她說，「妳要吃冰淇淋嗎？」

卡洛塔的爸媽都在快餐店工作，她媽負責收銀機和送餐收盤子，她爸管理廚房——不過迪亞茲先生的管理方式主要就是坐鎮現場，讀他的《聖經》和體育版，偶爾大聲責罵廚師們動作不夠俐落。

「喂，妳！」卡洛塔帶我從後門進去時他喊道，「妳跑哪去了？」

譯註：卡洛塔（Carlotta）是西班牙名字，相當於英文中的夏綠蒂（Charlotte）。華妮塔（Juanita）則是西班牙名字華娜（Juana）的暱稱，而華娜等於英文中的珍（Jane）。

「我從地上走來走去。【譯註】」卡洛塔說，並朝她父親腿上的《聖經》點點頭。這句聰明話換來一張臭臉，看起來活像來自《舊約聖經》裡的上帝本人。

「卡洛塔，這不好笑。妳媽一直在找妳，前場需要幫忙。」

「噢，好啊，馬上就去。」卡洛塔說。她鑽進冰庫，把我單獨留在耶和華身邊。

「嗨。」我說，「我是珍。」

迪亞茲先生清了清喉嚨，好像準備吐痰。他正準備繼續讀他的《聖經》，又抬起頭，若有所思地凝視著我。

「妳是新來的女孩。」他終於說，「住在佛斯特家的那個。」

「是啊，就是我。新來的女孩。」

「妳要和他們待一陣子？」

「看起來是這樣。」

「那妳要上這裡的學校囉？」

我完全沒想過這件事，不過當然正如他所說。我對這件事並不開心。「我想是吧。」

他點點頭。「那妳打算怎麼去學校？」

「我不知道。我想……這裡有校車嗎？」

「啊！校車！」他揮揮手驅散這種想法，「妳爲什麼要搭校車去學校？」

「這個嘛……」

「我告訴妳啦——珍，是吧？——這裡的校車不怎麼好。」

「是喔？」

「是的。我絕不會讓我女兒搭校車。我們開車送她去學校。如果妳想的話，可以搭便車。」

「可以嗎？」

「可以啊，事實上，我覺得這個主意好極了。」

在我看來這主意還可以，不過顯然事有蹊蹺。「這個嘛，」我模稜兩可地說，「當然我得先問問我姑姑和姑丈……」

「噢，我相信他們不會反對的，讓我來和他們講就好。來！」他站起來，把他剛才坐的椅子擦乾淨，「來，坐下，放輕鬆！妳要不要來點冰淇淋？」

後來卡洛塔告訴我是怎麼回事。那年春天，她兩度因爲打架而被趕下校車，第二次以後，司機拒絕讓她回到車上，除非她寫一封道歉信。但是迪亞茲先生聽不進去，「他希望校

譯註：引述〈約伯記〉第二章第二節：「耶和華問撒旦說：你從哪裡來？撒旦回答說：我從地上走來走去，往返而來。」

車司機被開除，妳知道，因爲他侵犯了我的公民權。但校方不肯，所以現在我爸要送我去私立學校，只是他要校方付我的學費。我們在打官司，但在打贏之前，我還是要去公立學校。」可是不搭校車。所以卡洛塔的媽媽早上會開車送她，她哥放學再來接她。「這樣是沒關係啦，只是我就要花很多時間等了，尤其是下午。菲利培要等到有人接班才能離開加油站，有時候要到五、六點。」

「那妳就得在學校待到那麼晚？」

「欸，也不是『非』待在那不可——我可以走路回家，反正也才三公里出頭——但如果我走回家，我爸會眞的很生氣。他說太危險了，尤其是現在有死亡天使的事。」

「妳說誰？」

大部分的報紙稱他爲「九十九號公路殺手」——這個無名氏過去一年來在公路上徘徊，在休息站趁父母不注意時把小孩拐走——不過有兩家八卦小報注意到他只抓小男孩，所以給他取了新的名字。

「死亡天使，」卡洛塔說，「就像在埃及殺死每一家的長子那個？我對我爸說：『嘿，我又不是男生，有什麼好怕的？』但他說：『萬一那傢伙搞錯了怎麼辦？妳以爲等他把妳綁上車，才發現妳是女孩子，就會放妳走嗎？』」

難怪迪亞茲先生想要我和他女兒一起坐車：他認爲有人陪她的話，她就比較不會太無聊而跑去公路邊亂走。而且拿我們兩個來比，我的模樣絕對比較陽剛，所以就算最糟的情況發生了，死亡天使也可能會選擇抓我。

「迪亞茲先生聽起來還真是充滿人道關懷啊。」

唉，你知道嘛，天下父母心。我實在也不能怪他。總之，我知道這樣說很變態，但想到有這種危險性我就覺得有點興奮。我是說，這就是大家相信有妖魔鬼怪的原因之一對吧？因爲這會讓黑暗變得比較有娛樂價值。

再說我也不認爲我們眞的會遇上那傢伙。就算我曾經有一絲疑慮，也在我姑姑和姑丈一口答應迪亞茲先生的提議時煙消雲散了。我不得不推測，假如這麼做有任何眞實的風險，他們就會叫我去搭校車。

結果第一天上學，我姑姑早早就叫我起床，讓我準備好等卡洛塔的媽媽來接我。當我的臥室門在清晨五點就砰的打開，那是我唯一有點動搖的時刻。半小時後我坐在車上，五點四十五分時，卡洛塔和我已經在校門口，和其他幾個早鳥一起等待，吃著糖果菸。

學校的圖書館員在六點十五分左右出現，她讓我們進入校舍，上樓到圖書館，在那兒待到上課時間。放學鐘聲響起後，我們回到圖書館消磨時間，等菲利培開著小貨車來接。

「學校圖書館有沒有《神探南西》？」

有一整套。也有「哈迪男孩」和「鮑勃西雙胞胎」系列。卡洛塔很迷「鮑勃西雙胞胎」

系列，我實在無法理解——她在很多方面眞的是個怪女孩。

「那妳上的課呢？感覺怎麼樣？」

超無聊的。

「妳有沒有交到別的朋友？」

不算有。我想找個爲非作歹的團體來參加，但是這個地方實在無聊得很，卡洛塔和她的糖果寶馬菸已經是最接近少年犯的事物了。其他大部分學生嘛，我不想叫他們土包子，但他們「就是」土包子。所以我繼續和卡洛塔黏在一起，我們會自己找樂子。

「妳所謂的樂子包括從事業餘偵探活動嗎？」

不是刻意的。你指的是工友的事對吧？我能看穿他的本性，主要是出於意外。

「怎麼回事？」

這所學校的學生人數只有可容納人數的大約六成，所以爲了省錢，有一側校舍都關閉不用。正規來說，關閉的校舍禁止學生進入，但當然那只會構成一股誘惑，邀請學生嘗試闖入；卡洛塔和我已經在討論要從加油站帶一支撬棒來，讓我們能進去探險。

有一天下午，我正要去廁所，就看到工友打開一扇通往關閉校舍的門。他進去以後把門帶上，但我沒聽見他重新上鎖。這似乎是天賜良機；我差點就跑回圖書館去找卡洛塔了，可是我又想了一下，發現也許這不只是一種良機。

是這樣的，有個東西讓我在西耶斯塔科時想念到不行，那就是大麻。而且我快抓狂了，因爲我就身在該死的農業區，我「知道」一定有人在種大麻，只可惜沒人指點迷津。卡洛塔在這件事上毫無幫助；唯一曾通過她嘴唇的管制物品是聖餐酒，而且量也很少。我對菲利培的期望比較高，但是說到毒品，我發現他比他妹還要死板。那一次我試著和他聊這方面的話題，他卻只想用眼神殺了我。

「妳想說也許可以在工友身上碰碰運氣？」

對啊。我是說，下午四點鐘，那傢伙跑進廢棄的校舍，是要來幹什麼？總不會是爲了拖地吧。而且他沒帶任何工具，所以也不是爲了修東西。那還剩什麼可能？

「我覺得還有滿多種可能的。不過我想妳期待他是要做壞事？」

那還用說。而且我們現在講的可是個留長髮和耶穌鬍的年輕人，你想他最可能做什麼壞事？

「可是妳料錯了。」

不，其實正如我所料。只不過，還「不光是」如我所料。

進了那扇連通門後是一條長走廊，兩側都是一間間空教室。工友待在左邊最後一個房間裡，不過我才到走廊一半，已經聞到大麻的味道了。而且是好東西——顯然他認識對的人。所以我踮著腳往前走，一邊琢磨該怎麼做才好。我想我可以若無其事、友好親切地走進去——「嘿，可以讓我抽一口嗎？」——或者我也可以來硬的，威脅如果他不把所有存貨送我，我就要告發他。

「結果妳決定用哪種方法？」

我拿不定主意。我完全不了解那傢伙，所以我不清楚他有多容易被唬住，或是多願意分享。與此同時——我已經來到他所在的房間外了——我開始聽到猴子的聲音。

「猴子的聲音？」

是啊，就是「眞正的」猴子會發出的聲音，我一開始心想，也許他養了一隻黑猩猩當寵物。我知道很瞎，但對那些抽大麻的人來說，又有什麼是不可能的？所以我把頭靠在門框邊偷看，確認我即將闖入的是什麼樣的猴戲現場。

工友在窗戶邊，他架起一部望遠鏡，整張臉捅在接目鏡上，好像用膠水黏住了似的。他左手臂彎著舉在頭頂，像這樣，把一根大麻菸舉在空中。而他右手臂彎向腰部，像這樣，握著……唔，其實我看不見他握著什麼，感謝上帝，不過從他手肘一上一下擺動的動作，不難猜想是怎麼回事。

至於猴子的聲音嘛，其實是由兩種聲音合成的。他在發出悶哼，這是當然的，不過除此之外，爲了保持那個姿勢，他拉了張課椅橫放在他身後，屁股坐在扶手上，而椅腳就隨著悶哼聲一下一下地發出「吱、吱、吱」。瞧，黑猩猩叫聲就這麼完成了呢。就整體而言，這形容也不算太偏離事實。

所以我看著這一切，心想：好噁，不過同時呢，我還是眞的很想要大麻。這下我絕對有充足的材料可以恐嚇這傢伙了，但是在這種情況下和他交手實在是噁爛到我不敢多想，所以決定等他結束，看看他會不會把菸屁股留下。以前我和小月在她爸媽開的派對上就會這麼做，到處蒐集菸灰缸裡的菸屁股，再回收起來用水煙筒抽。這個方法很棒，既可以嗨翻天，又不用眞的和任何怪咖交談。

我躲在走廊對面另一間教室裡，祈禱他快點辦完事。猴子的聲音變得更響了——快結束時比較像大金剛而非黑猩猩的聲音——然後砰的一聲，桌子倒了，然後是寂靜，然後是非常微弱的拉拉鍊聲。然後是腳步聲，走出教室再穿過走廊，沒有用跑的，但有點匆忙，好像他突然記起他還和人有約。

等我確定他走遠了，便從藏身處出來。我在大麻方面運氣欠佳：他是留下一樣東西，可惜不是大麻。

我透過望遠鏡看看他究竟在偷窺什麼。我預期的是女子更衣室之類的，但一看才發現這傢伙的喜好比我想像中更詭異。望遠鏡對準學校南邊約四百公尺外的一塊小型野餐區，算是九十九號公路邊的一個回車道，有幾張木桌和一座輪胎鞦韆架。那地方也是熱門的約會場所，我猜到了星期五或星期六晚上，那裡應該有很多好戲可以滿足偷窺狂的胃口，不過現在那裡只有一家子觀光客：媽媽、爸爸、兩個男孩、一隻黃金獵犬，還有一輛貼滿迪士尼樂園貼紙的休旅車。

我看不出亮點。我是說，性變態的口味很難說，但這家人在我看來實在不是……你知道，打手槍的素材。我試著解開謎團——是那個媽媽讓他興奮起來的嗎？難道是「狗」？——這時我聽到一扇門砰然關上的聲音。我心想：慘了，他回來了，但結果不是走廊的門，而是學校大門。我往窗外看，看到工友在樓下的停車場。他走向他的棕色廂型車，上車，發動引擎……然後坐在那兒等著。

過了一分鐘左右，我注意到駕駛那一側的窗口飄出一縷煙：那個王八蛋又點了一支大麻來抽。我氣得要命，因爲我心裡已經把那當成是我的大麻了，因此我開始對剛好在這附近的芬德里警官的鄉下表親發送念力，懇求他們路過，把這傢伙逮個正著。

嗯，當然我的願望沒有成眞。但幾分鐘後確實有人經過了，是開休旅車的那一家人。他們經過學校以後，廂型車的車尾燈總算滅了；工友行駛上公路，緊跟在休旅車後頭。

「妳是從那時候開始懷疑工友就是死亡天使的嗎？」

不是。那傢伙顯然令人發毛，但那時候我想的仍然是偷窺狂，不是瘋狂殺人犯。我猜他跟蹤他們是想再打手槍——或者想偷內褲，或是潔牙骨。

隔天早晨我出門搭便車，開車的人是迪亞茲先生，這是頭一回。

「怎麼了？」我說，「被提【譯註】來臨了嗎？」

「死亡天使，」卡洛塔說，「他昨天又抓走一個小孩，就在莫德斯托城外。」

莫德斯托在北邊，和那輛休旅車走的方向一樣。這應該足以引起我的警覺了，但直到卡洛塔說了下面這句話，我腦中的電燈泡才亮起來：「重點是，他這次不光是擄走孩子，他還殺了那孩子的『狗』。」

「狗？」我說，「哪種狗？」

「我不知道，我猜是大型犬吧。他們認爲那狗想保護孩子，所以天使就，嗯，把牠開腸剖肚。」

譯註：被提（Rapture）是基督教末世論的一種概念，認爲當耶穌再臨之前或同時，已死的信徒將復活，活著的信徒也會被送到天上與基督相會。

「那男孩呢？他們找到他的屍體了嗎？」

「找到了。」

「在哪？」

卡洛塔看起來很興奮。「等一下妳就知道了。」

離學校還有八百公尺時，我們遇到堵車。這也是從來沒有發生過的狀況——這個時間這條路通常很空——可是當我看到前方閃爍的燈光後，立刻就明白了。

「州警大約在凌晨兩點發現他。」卡洛塔說，「汽車旅館的老闆娘薩帕提洛太太去看她姊姊，很晚才回來，剛好看到他們在封鎖犯罪現場。她說那孩子被擱在一張野餐桌上，就像人體祭品。」

快要行駛到回車道的時候，卡洛塔和我都搖下窗戶、探出頭，希望能看一眼屍體。迪亞茲先生把我們拽回車裡，在我們頭上各拍了一掌。「尊重一下死者！」他訓斥道，然後對卡洛塔補上一句：「這下妳知道我爲什麼不讓妳走回家了吧？」

「妳有沒有告訴迪亞茲先生工友的事？」

沒有。我知道我應該講的，但我很氣他K我。再說，講出我所看見的事表示也得解釋我怎麼會看見，而我不認爲他會認可我在找大麻的部分。我需要時間來編個消毒過的版本——能經得起質疑的版本。

在那之前，我決定自己先提出幾個問題。那天早晨我們終於抵達學校後，我向圖書館員打聽工友的事。她知道得不多。他姓惠特默，名字是馬文或馬丁，和我一樣是新來的；她聽說他在來這裡之前曾在另一間學校工作，但她不知道是哪間學校。

「所以妳不知道另外那間學校是不是也在公路邊囉？」

「不知道耶，親愛的。」

我向她道謝後坐下來。接著卡洛塔開始拷問我：「妳怎麼對工友那麼感興趣？」

「沒什麼啦。」我說。

「最好是。嘿，我可不像菲利培那麼笨。」

「好啦，是有什麼。但我還沒準備好講出來。」我不認爲卡洛塔會在乎大麻的事——至少不至於批判我——但她會在乎我沒找她就自己跑到關閉的校舍。

當然，現在她無論如何都已經在生我的氣了：「什麼叫妳還沒準備好講出來？我們之間什麼時候開始有祕密了？」

「卡洛塔……嚴格說來這不是祕密，是——」

「妳提到公路，」她說，「妳認爲工友和那個被殺的孩子有關？」

猜得好；也許「鮑勃西雙胞胎」系列確實有它的可取之處。「是啊。」

「但妳爲什麼這麼想？發生什麼事？妳看到什麼了嗎？」

「我說了，我還沒準備好講出來……聽著，卡洛塔，我保證晚點會告訴妳，好嗎？可是首先……我需要妳幫個忙。今天放學後我想搜一下工友的車，我需要妳幫我把風。」

其實我純粹是為了拖延才想出這個說詞，可是我仔細一想，發現這主意還不賴。如果我在他車上找到可疑證據，就能直接舉發工友，不必扯到之前的事。

「那妳不還是得解釋妳為什麼決定搜他的車嗎？」

唔，這就是最棒的地方了：如果我找到證據證明工友是連續殺人犯，大家一定會興奮到能接受「任何」說詞。到時候我可以直接說我有預感，就連卡洛塔搞不好都會信我。

所以那天放學鐘響後，我們沒有回到圖書館，而是跑去大廳等其他學生離開。最後一個人走了之後沒多久，工友從那裡經過，推著一推車的垃圾袋走向校舍後方。

「妳覺得怎麼樣？」我一等他走遠就問卡洛塔。

「我覺得這可能不是好主意耶，珍。萬一他真的是死亡天使怎麼辦？萬一他逮到妳——」

「不會啦，妳就待在這裡，如果妳看到他回來，妳就把頭伸出前門大叫一聲。」

「我要叫什麼？」

「除了我的本名之外，什麼都可以。」

這時候所有老師都已經走了，所以除了圖書館員的福斯之外，工友的廂型車是停車場僅剩的車子。那是一輛工務型車款，後側的兩側沒有窗戶；後門的窗子很小，而且顏色很深，讓人看不見裡面。再加上一點隔音處理，我心想，它就是完美的綁架工具了。每扇門都鎖著，不過我和「神探南西」一樣有備而來：我在午餐時間從教師休息室的衣櫃裡偷了一支衣架。我把衣架插進駕駛座的窗戶底部，往周圍勾呀勾的，直到車門鎖被拉起來。

廂型車內部充斥著清潔劑的氣味，我立刻就被整潔的程度給嚇了一跳。我是說，也許工友是個有潔癖的怪咖並不值得驚訝吧，不過儀表板一塵不染，沒有通常會積在那裡的髒東西，而且不管是地上或是座位底下都沒有一點垃圾。就連菸灰缸都是空的。前座置物箱裡除了這輛車的登記文件之外什麼都沒有。

廂型車後側也差不多。地上鋪了一層毛毯，看起來像剛從洗衣機拿出來，後側的一個角落擺著一個灰色金屬工具箱。除此之外，我連一張口香糖包裝紙都沒看見。

「妳有看工具箱裡面嗎？」

嗯。我差點沒動它——顯然這個工友不是會把屍塊亂丟的那種人——不過我決定既然來了就幹得徹底一點吧。

我踩上毛毯，它嘎扎作響。我蹲下來翻起一角，毛毯底下鋪著兩層塑膠布。然後我又把塑膠布也拉起來，看到一組綁行李的帶子，已經固定好位置方便扣住行李。

我把毛毯鋪回去並撫平，然後轉朝工具箱。它用一把掛鎖鎖住；我的衣架在這裡派不上用場，但我也有兩個不同尺寸的迴紋針，其中一個成功開鎖。我拆下掛鎖，掀開蓋子。

「結果呢？裡面有什麼？」

工具。首先，有一副手銬、一大捲水電膠帶、手套。還有四把鉗子、三支冰鑽，跟一綑鋼琴線。

對了，還有一樣東西：一把獵刀。有三十公分長，刀刃是鋸齒狀的。它就和鉗子還有冰鑽一樣光潔如新，聞起來像在清潔劑裡泡過，可是當我仔細一看，我看到刀柄上卡了一根毛髮。一根金色毛髮。我看不出這是人髮還是狗毛，但我滿有把握警察能夠分辨。

「逮到你了吧。」我說，就在這時候我聽到車外有腳步聲。

本來我還期盼那只是卡洛塔，她覺得守衛工作太無聊了，所以來幫我搜查，但接著我就聽到鑰匙的碰撞聲，知道我有麻煩了。丟垃圾一定是工友今天最後一項工作；丟完之後，他沒有如我預期中穿過校舍原路折返，而是繞過校舍外圍，沒有經過我安插的把風人。

他在找鑰匙的時候，我把刀子放進工具箱，準備好開溜。可是當我伸手去拉後門的門把讓我自己出去時，才發現根本沒有門把。

工友打開駕駛座的門，我整個人僵住。我完全暴露在那兒；他絕不可能看不見我。

這時卡洛塔站在學校前門台階處大喊：「瓜達露佩【編註】！」

工友頓了一下，一隻腳已經跨進車裡，轉頭去看她在對誰嚷嚷。這爲我爭取到幾秒空檔。我做了我唯一能做的事：挪到駕駛座正後方的盲區，把自己盡可能縮小。

工友坐進方向盤後方。我暗自祈禱他會逗留一會兒，也許讓卡洛塔有機會朝車頂上丟柳橙，但今天不一樣：連「瓜達露佩！」都來不及說，我們已經上路了。工友再次向北行駛，這是遠離西耶斯塔科塔的方向。

我沒辦法往外看，只能盯著工具箱打發時間。雖然我把蓋子蓋上了，卻忘了扣上搭釦，於是我們每次遇到地面隆起處，它就幾乎要彈開來並且撒出裡頭的東西。而且我把掛鎖留在毛毯上很顯眼的位置；我一直在等工友從後照鏡注意到它，然後停車察看。

開了大約二十五公里後，他「果眞」停車了。我在膽量許可的範圍內盡量抬起頭，試著搞清楚我們是不是在加油站之類別人可以聽到我尖叫的地方。看起來不像。看起來我們在另一處路邊的回車道。

工友拉起手煞車，然後熄火。他沒下車，搖下車窗，在口袋裡摸了一陣，並點起大麻菸。

今天我沒有埋怨他的意思。他愛抽多少大麻都可以，只要不要到後面來把我殺掉，我完

編註：即瓜達露佩聖母（Virgin of Guadalupe），是聖母瑪利亞的其中一個稱呼。根據天主教的傳說，聖母瑪利亞曾在墨西哥某山丘上顯靈。

全沒意見。

我聽著一輛輛車嗡嗡地經過九十九號公路。快呀，芬德里警官，我心想。讓你的罪惡偵測器動起來吧……車流出現空檔而暫時安靜下來，我聽到新的聲音：人聲。

「朝廂型車接近的人聲？」

在遠處的人聲。男孩的聲音，大聲喊叫，很興奮，像是遊戲場的聲音。然後我聽到木頭發出的「咚！」一聲，我心想：棒球場，然後又想：慘了。

你知道嗎？我眞的不想死。但我不認爲如果工友又開始發出猴子聲音，我可以就這樣安靜地坐著。如果事態演變成那樣，我想我大概得用工具箱砸他的頭了。

不過他沒有拉下拉鍊。也許他擔心這個位置太明目張膽了，或許他是把畫面存在腦海中留著晚點再回味。不論如何，他只是坐著看，還有抽菸——先是抽大麻，後來又抽了五、六根香菸。

最後他過足癮了，又開始開車。他沿著公路繼續開了五、六公里，然後轉進一條比較小的路。這條路路況很差，工具箱的蓋子又開始彈跳——更刺激的是，我們在爬坡，所以我下面的毛毯一直在滑走。我得用手勾著駕駛座的底部來攀住。

我們轉了最後一個彎，開上碎石地，然後進入一間車庫。工友把車停妥後下了車。他走到車子後方時，我的腎上腺素猛然飆高，但他繞過車屁股繼續走到副駕駛座那一邊，手裡甩著鑰匙，沒有打算停留。我聽到電動馬達的嗡嗚，同時車庫門咔啦咔啦地關上，接著又是鑰匙碰撞聲，然後另一扇門吱呀地打開又關閉。然後，不可思議，只剩我一個人了。他從頭到尾連差一點發現我都沒有。

我爬回工具箱旁邊，拿走刀子。我考慮全都帶走，可是我不知道我可能要跑多遠的路，不想讓自己不堪負荷。我猜刀子是最重要的證物，更別說要是我不幸被逼到死角，也會是最有用的東西。

我從副駕駛座下車，尋找能啓動車庫門開關的按鈕。我沒找到，但一般人預期那個按鈕會出現在牆上的位置，有一塊小小的金屬板，上頭有個鑰匙孔。我亮出我的迴紋針，靈巧地撥弄兩下之後，成功地把迴紋針尖端弄斷在鑰匙孔裡。

該死。我很快地察看了一下車庫門，確定我要有神力女超人的力氣才能徒手打開它。我認眞考慮用廂型車破門而出，但它看起來夠堅固，承受得住撞擊，再說，我的少年犯技能不包括用接線方式發動車子。

我得穿過房屋溜出去。更糟的是，由於我把車庫門開關卡住了，我得盡快溜出去，以免工友決定出門吃晚餐或是再看一場小聯盟比賽。

我走過去把耳朵貼在房屋的門上，沒聽到另一邊有沉重的呼吸聲，所以我試轉了一下門把。我預期它是鎖住的，那會帶來額外的困擾，不過我猜工友畢竟不是徹底的偏執狂吧。門把轉動，我把門打開一條縫。

屋子裡某處有水流聲。我把門打開更多，水流聲轉爲確切的淋浴聲。

我不敢相信竟然運氣這麼好。事實上我並不相信，所以溜進門時，我舉著刀子做好準備。

我發現自己在一座小壁龕裡，這裡放著洗衣機和烘衣機。壁龕開口面向廚房。我走出壁龕，左邊有另一道門；它通往一間臥室，再進去則是有淋浴的浴室。我在臥室門口徘徊，豎著耳朵聽。

工友絕對在淋浴間裡；至於我是怎麼知道的，就讓你來猜吧。我嫌惡地皺起鼻子，同時卻又鬆了口氣，確信至少接下來幾分鐘我是安全的。

安心讓我變笨，我沒有立刻衝向大門，反而開始四處窺探，打開抽屜和櫥櫃什麼的。正當我在食品儲藏櫃前和早餐穀片盒上的卡通兔大眼瞪小眼時，廚房桌子上的電話響了。

我的反應就像觸動防盜警報器。慌亂中我弄掉刀子，趕在電話能響第二聲之前一把抓起話筒。

蓮蓬頭的水繼續流。我把話筒湊到耳邊。

「喂？」我說。

停頓，然後是一連串尖銳的咔嗒聲，然後男人的聲音說：「珍．夏綠蒂。」

當然，是工友；他擺了我一道。他從頭到尾都在要我，讓我以爲他沒有注意到我。淋浴間裡的聲音一定是錄音，引誘我產生安全的錯覺。不過現在遊戲結束了，他馬上就會叫我轉過身去，他會站在我正後方，然後我就會死。

可是電話裡的聲音接下來卻說：「妳不該在那裡逗留，珍。他是隻壞猴子。」

接著那個聲音分裂成尖銳的靜電噪聲——也或許是我在尖叫吧——等我恢復清醒的意識時，我已經到了屋外，邊衝向馬路邊尖叫。

有兩輛郡警的車子正開過來停在工友家前面，菲利培的小貨車緊跟在後，菲利培、卡洛塔、迪亞茲先生和學校的圖書館員都擠在車上。

一名警察從第一輛警車下來，我直接衝進他懷裡，大喊：「他是死亡天使！他是死亡天使！工友是死亡天使！」警察抓住我的肩膀，試圖要我告訴他發生什麼事，但我只是繼續大叫：「他是死亡天使！」

其他警察都拔出槍，朝房屋逼近。他們就快走到大門時，工友出來了，他淋浴完身上還微濕，穿著T恤和四角內褲。我本來已經稍微冷靜下來了，可是當我看到他，我又崩潰了，尖喊「壞猴子！」並且連滾帶爬地躲到警車的另一側。

警察都用槍指著工友，叫他舉起手，他乖乖照做。他眞狡猾。他看起來不害怕，反而一臉疑惑，好像他是個無辜的好公民，完全不能想像警察在他的土地上做什麼。

他們給他戴上手銬。「好啦，」帶頭的警察哄我說，「沒事了，我們抓到他了。和我說一說。」所以我開始絮絮叨叨地講起獵刀的事，最後他點點頭，說：「好，待在這裡。」然後就進到屋子裡去了。

迪亞茲一家人圍在我周圍保護我。「珍，妳沒事吧？」卡洛塔說，「他有沒有傷害妳？」

我搖頭。「我只是嚇個半死……但現在都沒事了。」

只不過，並不是沒事了。當警察拿著錯的刀子回來時，我漸漸醒悟到這一點。

「是這個嗎？」他問，手裡拿著一支細細小小的牛排刀，刀身大約十三公分。

「不是，」我說，「我告訴你們了，是一把『獵』刀。很『大支』。」

「帶我去看。」他帶我回到屋內。獵刀不見了；當我指著我弄掉刀子那個位置的地板，警察說：「我就是在那裡找到這個的。」並再次舉起牛排刀。「妳確定不是這個？」

「我當然確定。」我不悅地說，「工友一定是在出來之前先把眞正的刀子藏起來了。」

這時我想起工具箱：「等一等……跟我來！」

我帶著他走到車庫，繞到廂型車後面。「在那裡面。」我說，「你可能需要他的鑰匙……」但廂型車後門現在沒有上鎖，警察把門拉開。

「所以，」他說，「我應該要看什麼？」

廂型車後面是空的。沒有毛毯，沒有塑膠布，沒有行李箱固定帶，沒有工具箱。

「該死！」我說，「他一定也把這些東西都藏起來了。」

「哪些東西？」

「他的綁架裝備。」

「裝備是吧？」警察的表情變了，我不喜歡這種變化。「妳認爲他預備了這些……裝備……然後看到我們來了就趕快藏起來？」

「那些東西原本就在這裡，現在不在了，所以我確實是那麼想的。你覺得有什麼問題嗎？」

「沒問題，只是，他動作一定超快的，妳不覺得嗎？」

「聽著，這不是我瞎編的。」

「我沒說妳在瞎編，我怎麼會以爲妳在瞎編？」

這時候我應該直接閉上嘴巴的。事實是，他說得對——工友必須動作很快，那表示他不可能把東西藏得很好。我確信我能找到。

但警察對我露出「我能看穿妳的胡話」的表情，和芬德里警官一樣——只不過，你知道，沒那麼友善——所以我不但沒閉上嘴巴，反而立刻提起當你想要取信於人時絕對不該提起的話題。

「吸一口氣。」我說。

「吸氣？」

「車子裡，聞聞看。」

他傾身進去聞了一下。「空氣清新劑？」

「大麻。」

他揚起眉毛。「大麻？」

「工友有抽大麻。」

「眞的喔。看他的樣子還眞想不到。」

「不是爲了變嗨。」我說，「我是說，也是爲了變嗨啦，但他抽大麻是爲了讓自己興奮起來，在『那個』之前……」

「噢！妳的意思是在他使用綁架裝備之前……對了，妳對大麻的味道好像很熟？」

從那之後，情勢急轉直下。他愈是懷疑，我的話愈多——當他問我一開始怎麼會盯上工友的，我竟然說了實話，至少足以讓我自己聽起來像個白痴。「猴子聲音是吧？唔，我能理解妳爲什麼會懷疑一個發出猴子聲音的男人……」

彷彿嫌我受到的羞辱還不夠，他帶我回到屋外，問卡洛塔她知不知道猴子聲音的事。

「猴子什麼？」卡洛塔說。

「我想也是。」警察說，然後叫他的同事們放了工友。

我的嘴巴停不下來：「你要放他走？」

「妳該擔心的是我要不要放『妳』走。」警察說，「如果這位先生想告妳擅闖民宅，我十分樂意帶妳回警局。」

可是工友仍然在扮演無辜者的角色，他說他不想告誰——他只想知道這是怎麼回事。

「只是一場天大的誤會，先生。」警察告訴他。他狠狠瞪我一眼：「最好不要發生第二次的誤會。」

迪亞茲一家載我回家。迪亞茲先生叫我坐在小貨車後側，我不怎麼介意，因爲一路上他都和卡洛塔用高分貝的西班牙語在爭吵。我們在學校停留讓圖書館員下車，她踉踉蹌蹌地跨出去，看起來臉色蒼白，而且好像已經半聾了。等抵達我那一站，迪亞茲先生用比較小的音量和我姑姑、姑丈交談。我不必偷聽也知道，從現在開始我得搭校車上學了。

迪亞茲一家走了之後，我姑丈告訴我，如果我不再去快餐店或加油站「或許是最好的」，我姑姑則補充說他們「有一陣子」不需要我去店裡幫忙，我了解她是用這種方式告訴我，我被禁足了。我眞的氣炸了，開始嚷嚷沒人相信我眞是太愚蠢了，如果工友再殺死另一個小孩可不能怪我；但我姑姑、姑丈只是搖搖頭，留下我一個人在那裡吠。

那天是星期五，所以我有一整個週末的時間自憐自傷。星期一稍微好一點；我可以多睡一個半小時，這幾乎彌補了被迫搭校車的無奈。我一直到上第二節的英文課時才看到卡洛塔，她在課堂間完全不理我，下課後我還得追到走廊上才趕上她。

「珍，我不該與妳講話，」她說，「我爸認爲妳會帶壞我。」

「我是會帶壞妳，所以妳才喜歡我嘛。」

她沒被我逗笑，不過至少她也沒走開。過了一會兒，她問：「妳有沒有聽說工友的事？」

「他怎麼了？」

「他在週末辭掉工作，圖書館員告訴我，他星期六打給校方，說他要離開了。」

「離開是要搬走的意思嗎？」

「大概吧。」

「唔，妳看不出這代表什麼嗎？他就是犯人！即使警察放他走，他還是怕下次有小孩失蹤時他們會想起他。」

「也許吧，」卡洛塔說，「也可能他是怕別人聽說警察去過他家時，會直接做出錯誤結論。」

「卡洛塔，我發誓，我說的話都不是編出來的。」

「嗯，現在那都不重要了，不是嗎？我是說，如果他眞的從此離開的話。」她看著我。「在我們確定他走之前，妳應該要當心點，知道嗎？」

我早就知道了。星期五下午，我們準備離開工友家的時候，我注意到工友在打量我。警察都已經上車了，菲利培在發動車子，我望過去，看到工友站在大門前，仍然穿著內褲，眼睛直直盯著我。他換掉那副困惑的表情，擺出完全不同的臉孔。

「充滿敵意？」

不，他沒有展現任何情緒，他只是……專注。好像他想要百分之百確定下次見面時他能認出我來。

那讓我足足做了兩、三個星期的噩夢。在我的夢裡，他會在午夜過後不開大燈來到我姑姑和姑丈家，然後坐在車上，邊抽大麻邊抬頭看著我的臥室窗戶。有時候他就只是坐著思考要怎麼找我算帳，其他時候他會下車，在屋外走來走去，想要進到屋裡。有一天晚上，我渾身大汗地醒過來，確信自己剛剛有聽到廂型車開走的聲音，當我打開窗戶往外看，我聞到大麻的菸味。

我也夢到在工友廚房的電話裡聽到的聲音。我醒著的時候不常去想它——我是說，我不是忘了那件事，但它實在太「詭異」了，我有點像是假裝忘了它。但它會進到我夢中，在夢裡，它並不可怕。我會類似在黑暗中抓著話筒，因爲工友要來對付我而嚇得動彈不得，這時那個聲音會呼喚我的名字：「珍・夏綠蒂。」於是我內心湧現一波安心的情緒，因爲不知爲何，根據夢的邏輯，我知道那聲音是「好」的，它站在我這邊，站在所有好人這邊。而且它比死亡天使要更強大。

所以我夢到這些事夢了兩、三個星期，然後夢慢慢停了。工友沒有來找我，學校裡的人或城裡的人都沒看過他，沒有更多小孩失蹤，儘管我還是知道那傢伙就是犯人，卻愈來愈覺得那是別人該操心的事。

有一天傍晚，我姑姑和姑丈開車去佛雷斯諾拜訪朋友。原定計畫是我要和他們一起去，他們在打橋牌之類的時候，我可以去看個電影，但就在前一天，我被逮到考試作弊，校方打到家裡打我的小報告，我姑姑的說法就從「我們明天晚上出門的時候」改成「妳姑丈和我明天晚上出門的時候」。

他們大約六點出發。西方有暴風雨的雲層逐漸接近，我不爽到希望他們遇上傾盆大雨。到了七點，天空已經被雲層籠罩，地平線有閃電在一陣陣發亮，不過雨還是沒來。

我讀了幾章「神探南西」——到這時候我已經把那個系列大部分集數讀完了，所以我得開始定量分配剩下的書——然後吃了我姑姑在冰箱裡留給我的冷肉卷。我把盤子洗乾淨，坐回廚房桌邊，開始玩佛雷斯諾《蜜蜂報》的填字遊戲。這又是菲爾式的休閒活動，以前在舊金山，給我錢我都不玩的。可是這裡沒有電視，「神探南西」又快見底了，而且每次我打給卡洛塔都被迪亞茲先生掛電話，我對娛樂的標準只好不斷降低。

這是有隱藏訊息的填字遊戲，有時候會如此設計：某幾條重點提示被強調凸顯，如果你解出那幾條提示，並且把答案拼湊起來，就會構成一句俗語或名言，像是「清晨日頭紅，水手敲警鐘」或是「凡殺不死我們的會讓我們更強大」。通常特殊的提示都有一定難度，你得把整個填字遊戲都完成才能得到答案，可是有時候，就像是今晚，你可以直接找出答案。

第一條重點提示是橫一，四個字母，題目是「《生活》雜誌曾經的競爭對手」，我知道答案是「LOOK」。第二條提示是橫九，五個字母，題目是「上面的相反」，也就是「UNDER」。第三條提示——這一條超簡單，我差點笑出來——是填空題，橫十三，題目是「維尼熊」（Winnie ___ Pooh）。

雷聲隆隆，雨終於開始下了。這是我期盼中的傾盆大雨，甚至更大一點，不過我沒有因此感到開心，反而有點不安。我沿著走廊走到前門，打開門廊的燈，花了好一段時間望著外面，確認嘶嘶的聲音只是雨聲，不是輪胎鬼鬼祟祟壓過車道的聲音。

下一條提示是我唯一沒辦法馬上理解的：橫二十，四個字母，「NC槍藏的位置」。

「NC槍？」

大寫N，大寫C。我想說也許是打字錯誤，所以繼續看下一條提示，橫二十四，四個字母，「泰山的女朋友」。看到這一條時我的頭皮微微發麻，但眞正讓我寒毛直豎的是最後一條提示，橫三十一，九個字母，「勃朗特家最孤單的一位」。

好，通常這一題我是答不出來的，不過好死不死那個星期我們在學校剛好上到《簡愛》，老師對我們概要說明了勃朗特一家的悲哀故事，所以我知道勃朗特家最孤單的一位是「夏綠蒂」。當布倫威爾和艾蜜莉和安妮都死了之後，夏綠蒂被獨留在世，獨自守著家，有點像現在的我。所以如果把每一項答案連起來，今晚的隱藏訊息是——看看「空白」底下，珍・夏綠蒂。（LOOK UNDER THE ____, JANE CHARLOTTE.）

是啊。也許是因爲它和「空白」（blank）有兩個相同的字母，也可能因爲我就背對著它，總之我突然知道缺的答案就是「水槽」（SINK）。

我姑姑和姑丈的廚房裡有個超大水槽——「大到可以在裡面殺豬，」有一次我姑丈這麼說，他的語氣聽起來不像只是比喻。水槽底下也有個空間很大的櫥櫃，前幾年有一次我們來這裡玩，菲爾在玩躲貓貓時爬到那下頭，結果被排水管割傷頭皮。所以有殺豬和滿臉是血的菲爾這兩種回憶加持，我實在並不急著想把鼻子伸到那底下。

當然我還是必須瞧一瞧。我告訴自己這只是巧合，填字遊戲的訊息不可能眞的是寫給我看的。也許「看看水槽底下，珍・夏綠蒂」是莎士比亞的名言。

所以我打開櫥櫃，那裡只有水槽底下會有的正常廢物，我心想：看吧，只是巧合。可是我又想：話別說得太早，如果裡面眞的有槍，也不會就大剌剌地放在銀器清潔蠟旁邊。所以我伸手摸索牆壁和水槽背面之間的空隙。一開始我只摸到空氣，但接著我的手稍微換了角度，手指便擦到某個粗糙的東西。一個包裹。

它是用一塊麻布捲起來的，用細繩子綑著。我把它拿出來到亮的地方，拆開麻布。眞的找到了。

看起來像一把玩具雷射槍，顏色是鮮豔的橘色，槍管胖嘟嘟的，而且材質好像是塑膠。不過倒是挺重的，從重量和微冷的觸感判斷，我覺得可能是水槍。可是當我檢查槍柄底部時卻沒找到橡皮塞，只有一塊平平的板子，上頭刻著「NC」。

槍的側面還有更多記號。槍管後側、扳機正上方有個刻度表，有四種模式可以選。其中一種用綠色小字寫著「安全」；下一種模式用藍字寫著「NS」；最後兩種模式都是暗紅色字體，分別寫著「CI」和「MI」。目前指針指著「MI」。

我做了青少年發現一把槍時會做的標準動作，也就是用它指著自己的臉。不過NC槍槍管黑色的洞看起來比其餘部分更像眞的，所以我決定不要扣扳機。我轉而看看周圍，看我姑姑的哪隻貓有沒有剛好在這裡。但那些貓都不知道躲到哪去了，我還來不及選定別的目標來練習射擊，屋子裡的燈光忽然全滅。

起初幾秒鐘我異常地冷靜。接著外頭閃電閃了一下，我被某種格格不入的殘影吸引，轉頭看著水槽上方的窗戶。下一道閃電亮起時，我清楚地看到它了：後院另一端的橘色小樹林中，停著一輛沒開大燈的廂型車。

有個很大的東西走向後門門廊，直接從窗戶外經過——我說「東西」，但當然我知道那是誰，也知道他來做什麼。他直接走到門外，門雖然鎖著，本身卻不堪一擊，他用力敲門，重得像用錘子在撞。我能感覺到門在門框中搖晃。對方頓了一下，然後開始攻擊門把，咔啦咔啦地好像想把它扯下來。

到了這時候我已經嚇到快要尿褲子了。我還有槍可以用，但我已經判定它畢竟是個玩具，再過一下子我就要把它丟進水槽裡，開始在屋子裡盲目亂竄。

這時候電話響了，多麼美妙的聲音。工友立刻停止弄門把。電話繼續響、繼續響，我朝它移動，深怕如果在我走到之前鈴聲就停止的話，對方又會開始攻擊門。我的膝蓋勾到椅子，側腰撞上廚房桌子的角，不過我牢牢握住那把槍。

我在鈴響第七聲時接起來：「喂……？」

「珍・夏綠蒂。」

「我不知道你是誰，」我悄聲說，「但我需要幫助。你的壞猴子就在我家後門外。」

「不，」電話裡的聲音說，「他在屋子裡。」

走廊另一頭我姑丈的書房裡，有一片木地板發出嘎吱一聲。

「妳不要驚慌，」那聲音建議，「他不會想到妳有武器。只要用兩手穩穩地握住槍……」

我掛掉電話。從電話到前門大約是十二步的距離，但我的腳頂多只著地兩次。門打不開，即使在我想起來要打開門鎖之後還是打不開。有東西——大概是門廊上的椅子——被用來頂住另一邊的門把底下。

我後頭傳來另一聲木板嘎吱聲：他沿著走廊過來了。我迅速轉身，舉起槍，他黑色的輪廓塡滿廚房門口。

發射NC槍的時候是沒有聲音的。不過我當時並沒有意識到這一點，因爲就在我扣下扳機時，閃電又來了，就打在屋子後方，而且幾乎沒有間隔，雷聲隨之而來。廚房充斥著聲音和光線，亮到工友本人似乎都像眞正的天使渾身發光，這個天使一手拿著火焰匕首，另一手拿著燦亮的鐵絲做成的光環。我尖叫，他也尖叫，等光線暗去，他已經開始倒下。

我在黑暗中聽到他的身軀撞擊地板。我把槍口往下移，再次扣扳機，但這次什麼也沒有，連一聲咔嗒都沒有。

雨停了。雷和閃電都遠去，過了一會兒，電力恢復。於是我看到他了，他四肢攤開躺在廚房門口，動也不動。他現在只是個普通人；他的眼珠呆滯，臉上有種新的表情。

他看起來很訝異。

好，接下來這部分可能有點不可思議。

「是喔。」

你知道，正常來說，如果你開槍打死闖入你家的人，尤其是個連續殺人犯，事後你第一件事應該是報警。

「是啊。」

或是死命逃到鄰居家。

「是啊。」

是吧。但我沒有做這兩件事。

「妳做了什麼？」

我覺得睏了。我是說，那傢伙死了——我踢了他兩腳確認過——所以通知警方不再是「迫切」的事。而現在知道自己安全無虞，我就眞的很想躺下來休息一下。我心想，姑姑和姑丈再過兩、三個鐘頭就回來了，我們可以到時候再來善後。

所以我上樓到我房間。我用衣櫃把門擋住——以防萬一嘛——然後躺下來。我把NC槍塞到枕頭底下，閉上眼睛。

等我再睜開眼睛，已經是早上了。我的臥室門開得大大的，我能聽見姑姑在廚房弄早餐的聲音。我起床下樓，站在空蕩蕩的廚房門口，原本工友的屍體就在這裡。

「早啊，瞌睡蟲，」我姑姑說，「妳的蛋要配培根嗎？」

後門也開著，我看到姑丈在後院繞著一棵被閃電擊中的樹的殘骸走。

「等一下再煎培根，」我說，「我馬上回來。」

我衝上樓看我的枕頭底下。

「槍也不見了對吧？」

沒錯。但有另一樣東西取代它。一枚硬幣。也許是手槍仙子送的禮物。

它的大小和二十五分硬幣差不多，但更厚也更重。看起來是黃金做的。硬幣兩面都是相同圖案，是空心金字塔，裡頭有一隻發亮的眼睛，你知道，有點像一元紙鈔上那個金字塔的頂端部分。硬幣周圍刻著三個字組成的一句話：OMNES MUNDUM FACIMUS。

「我的拉丁文有點生疏了。mundum是『世界』的意思？」

是啊。我到學校圖書館找了一本拉丁文字典，把這句話的意思查出來了。omnes是「我們所有人」，facimus是「創造」或「製造」，所以omnes mundum facimus類似是「我們都製造了世界」。直譯是這樣啦；至於究竟是什麼「意義」，就比較弔詭了。知道嗎？這是個謎語，算是某種性向測驗，像是填字遊戲的隱藏訊息，只是難度更高，所以我花了更長的時間才搞懂。

「多久？」

二十二年。

白色的房間 II

醫生下一回走進房間時，帶著第二個文件夾，裡頭厚厚的全是證據。

「在查核我說的故事嗎？」她猜道，他則把文件夾裡的紙張在桌上整理成整齊的三落。

他點點頭。「我不喜歡和病人對質，不過我發現在監獄精神病學方面，及早採行侵略性方針可能很有效益。」

「可以把詐騙專家和真正的瘋子區分出來是嗎？」她看起來挺樂的，「那我的判決結果是什麼？」

他把第一落證據遞給她。「這是一九七九年十月馬德拉郡警長辦公室歸檔的報告。有個名叫馬丁・惠特默的男人被發現陳屍在他自己的廂型車上，車子在佛雷斯諾市郊的路邊壕溝裡。惠特默曾在一所鄉間高中擔任工友，不過在一名身分未明的學生指控他是『九十九號公路殺手』後，已辭去工作。」

「那就對啦，和我說的一樣。」

「不見得。」他翻到接近最底下的一頁。「驗屍報告沒有提到子彈造成的傷口。惠特默先生死於冠狀動脈疾病。」

「是啊，我知道。我告訴過你了，我是用NC槍射死他的。」

醫生想了一下。「NC是『自然因素』（Natural Cause）的縮寫？」

「是啊，抱歉，我以爲這很明顯。」

「那把槍能發射心臟病。」

「心肌梗塞（myocardial infarction），」她說，用一根手指戳了戳驗屍報告上的死因欄，「就是MI。CI模式指的是腦梗塞（cerebral infarction）。心臟病和中風，壞猴子的兩大殺手……」她微笑。「你還查到什麼？」

他把第二落文件推向前，只有兩張紙，是從一份報紙的微縮膠卷閱讀器列印出來的檔案。內容是《舊金山觀察家報》的一篇報導，標題是個問句：死亡天使把翅膀晾起來了嗎？

「『九十九號公路連續殺人犯上一回犯案迄今已十六個月，』」她大聲唸出，「『州警開始期盼所謂的死亡天使——其身分仍然成謎——可能已決定退休……』是啊，看吧，我就說了警察不相信我對工友的指控，所以就算他已經死了，他們還是認爲天使仍在外頭遊蕩。」

醫生指著頁面更下面一段被圈起來的段落。「繼續唸。」

「『十三歲的大衛・柯諾維奇，據信爲死亡天使的第十八名也是最後一名受害者，於一九七九年十二月十二日在貝克斯菲爾德的一座加油站失蹤……』」

「十二月，」醫生說，「惠特默的屍體被人發現之後兩個月。」

「你確定不是報社把日期弄錯了嗎？」

他把最後一落證據推過桌面。「這是警長針對大衛・柯諾維奇綁架案所撰寫的報告，日期是相符的。而且男孩的屍體被發現時，與死亡天使所有其他受害者一樣，都先遭到凌虐再被勒死。這告訴我們什麼？」

「我不知道。」

「別裝傻，珍。」

「你要我說惠特默不可能是死亡天使，是不是？」

「這似乎是合理結論，不是嗎？」

「不是。」

「爲什麼？」

「因爲他『就是』死亡天使。」

「唔，如果是這樣，妳如何解釋這最後一名受害者？」

「我不解釋。」

「妳的意思是妳解釋不了。」

「這是個挪得問題。」她說。

「這是個難得的問題？」

「『挪得』問題，你知道，伊甸園以東的挪得之地？引自《聖經》？」

「我知道有這個名詞，可是……」

「該隱殺死弟弟亞伯，」她說，「所以上帝送他到野外遊蕩作爲懲罰。最後該隱來到挪得，在那裡安頓下來，還結了婚。就邏輯來說這是個問題，因爲據我們所知，亞當和夏娃應該是世界上最早的人類，而該隱和亞伯是他們僅有的孩子。所以他的老婆是打哪來的？」

「好，不相信《聖經》的人會覺得挪得問題很嚴重。譬如說，有一段時間我媽和一個男的交往兩個月，他叫羅傑，是很激進的無神論者，那時候他會向菲爾挑釁——」

「妳弟有信教？」醫生問。

「小男孩的那種信法。我媽成長在路德教派的家庭裡，雖然她不是眞的信，還是會帶我們上教堂，因爲她覺得那對我們有好處。我一長大到敢拒絕就不再去了，但菲爾眞的很投入。他每天都唸祈禱文，完整地唸完。總之羅傑出現以後，老是嘲弄菲爾《聖經》經文的矛盾之處。『嘿，菲爾，〈福音書〉說猶大上吊死了，因爲他很後悔自己背叛基督。可是〈使徒行傳〉說猶大並不後悔，他是肚子爆開來才死掉的。怎麼會有兩種故事版本啊？』或是，『嘿，菲爾，如果客西馬尼園的門徒都睡著了，馬太怎麼會知道耶穌禱告時說了什麼？』不過他最愛的還是挪得問題：『嘿，菲爾，《聖經》說上帝在該隱身上做了個記號，好警告別人不准傷害他。可是哪來的別人啊，菲爾？他爸媽嗎？就是上帝叫他們不要吃水果結果被當耳邊風的那兩個人嗎？』」

「那菲爾如何回應？」

「唔，我說過了，菲爾自己也超愛挑毛病的，所以一開始他算是被拖進去了。他試著見招拆招，只不過羅傑根本不是正經的玩家。不管菲爾提出什麼解釋，他通通不接受，直到最後菲爾被迫承認他沒有答案，於是羅傑就會說：『這表示你會放棄這一派胡言的《聖經》囉？』而菲爾會說：『不是。』而羅傑會說：『那是因爲宗教把人變笨。』」

「妳怎麼看？」

「噢，我絕對認爲宗教把人變笨。」她說，「但羅傑仍然是個僞君子。」

「爲什麼是僞君子？」

「因爲挪得問題和他成爲無神論者一點關係都沒有。就算《聖經》完全沒有漏洞，他還是一個字也不會信。他早就拿定主意了，指出矛盾處只是表現自大的方式——與此同時，他完全忽略了菲爾的出發點。」

「菲爾確實相信《聖經》。而相信《聖經》包括眞的相信文本上的任何問題都有解答。是不是能眞的知道解答是什麼並不重要。就好像，我沒辦法告訴你恐龍是被什麼殺死的，不表示牠們就沒有滅絕。所以對菲爾而言，以他的角度來看，羅傑才是不講道理的一方。菲爾是不知道該隱的老婆從哪來的，那又怎樣？」

「這個也是一樣。」她朝面前的文件揮揮手，「少裝作這是你提出的客觀詢問，你早就決定你要相信什麼了，現在你只是想找一根棒子來揍我，直到我認同你的觀點。」

「珍……」

「但那不會發生，我知道我的故事是眞的。如果有某個環節在你看來不合邏輯，可以討論，但不要放大解讀。這只是個挪得問題。」

「嗯，妳讓我很爲難。」醫生說，「如果我不能質疑妳的敘述中前後不一致之處——」

「你可以質疑啊，我剛才說了我們可以討論。」

「但妳不願意接受任何眞正的懷疑。」

「所以我們扯平了，」她說，「就和菲爾還有羅傑一樣。」

醫生皺起眉頭。

「抱歉打亂了你的遊戲計畫。這表示你不想再聽了嗎？」

「不，我還是想聽完整個故事。」

「很好，因爲如果你不聽完你就是個騙子。我是說，你已經騙我說你會保持開放的心態，但如果你現在放棄我，你就是騙上加騙。」

「唔，我可不想成爲妳口中那種人。」醫生說，「所以妳殺了死亡天使之後，又發生什麼事？」

我們都製造了世界

我長大了。

我在西耶斯塔科塔住到滿十八歲。本來不應該住那麼久的，但我媽不肯接我回去，連我姑姑和姑丈都想不出辦法逼她就範。

「不能回家讓妳很沮喪嗎？」

沒有。在工友事件前，我會覺得沮喪，但在那之後……我幾乎對一切的看法都不同了。

「我能理解。」

我不確定你能耶。我是說，對啦，我經歷生死交關，我「殺了」某個人，可是事後回想起來，對我影響最大的不是開槍射擊，而是在電話中聽到那個聲音說出我的名字。就好像，想像有一天上帝打給你，不是要傳達什麼訊息，只是讓你知道祂真的存在。想像一下你掛掉電話後會感覺怎樣。

「妳認為電話裡的聲音是上帝？」

不是！只是感覺很「類似」，好像有個大而神祕的東西與我聯絡，而光是有那東西存在就讓整個世界變得更有趣了。

「所以那有點像皈依的經驗。」

我猜是吧。只不過不是做做樣子——事情真的發生了，我有硬幣可以當作證明。那是另一件事：他們留給我一個證據，哪怕它再小，都表示事情還沒結束。我還會再接到他們的消息。

「妳覺得這是好事。」

當然。有何不可？

「我覺得倘若經歷妳那種事，很多人應該不太想再有同樣的體驗。」

嗯，是啦，可是「那種」人一開始就不會接到電話了。不是每個人的條件都適合壞猴子組，這也沒關係。可是對我來說，一旦最初的驚嚇消退了，我當然想再來一遍。我是說，有一把他媽的閃電槍的「神探南西」，怎能教人不著迷？

所以有了這個目標，住在西耶斯塔科塔就不再令人難以忍受了。基本上在任何地方都能等待光明未來降臨，不是嗎？在我等待的時候，爲了假設這方面有關係，我修正了我的行爲。我始終不是模範公民，但我確實改掉了大部分被歸類爲壞胚子會做的亂七八糟的事。我放棄和姑姑、姑丈鬥智，在學校，我還眞的專心讀書——以致於當我終於畢業時，我還有本事拿到加州大學柏克萊分校的獎學金。

「所以妳終究是回到舊金山了。」

是啊。我差點沒回去，我是說我考慮不要接受獎學金，但菲爾說服我我不接受的話就是大白痴。

「妳和妳弟有在聯絡？」

那個時候是。我去西耶斯塔科塔的前兩年沒有他的消息，但他十三歲生日當天跑來看我。他從我的舊把戲中學了一招：對媽媽說他週末要去住朋友家，結果搭便車來到聖華昆谷。有一天下午我顧完雜貨店回家，發現他在前門廊上和貓玩。

一開始我對他搭便車的事大發雷霆：「菲爾，你知道這條路上有哪種瘋子出沒嗎？」但他只是笑著說我是五十步笑百步，而且不管怎麼說，他已經大到可以照顧自己了。事實上，他說得對；他已經進入生長高峰期，所以儘管他才剛夠資格被稱爲青少年，他的身高和體重已足以讓壞猴子不敢輕舉妄動。

結果他來的那一趟很令人愉快。在他變得更像我的同時，我也變得更像他，所以我們算是在中間會合。我們發現其實我們滿喜歡對方的。所以從那時候開始我們一直保持聯絡，他一有機會就會來看我。他有一種獨門絕活，就是在我需要建議的時候出現，例如關於獎學金的事。

「妳母親呢？妳和她有沒有和解？」

沒有。我回到舊金山後考慮過去看看她。我和菲爾討論——我以為他會舉雙手贊成——但他覺得這主意很遜。「妳知道妳最後只會和她吵起來的，珍。妳為什麼想去找她？」所以我打消這念頭。她在一九八七年去世，我還是沒有去看她。

「我很遺憾。」

不，菲爾說得對。我們之間沒有放不下的愛，也沒必要假裝有。

「聊聊大學的事。妳主修什麼？」

老天，「這個」問題……你想先聽哪一個？我有五個呢。

「妳有選擇障礙嗎？」

我不認爲我需要選擇。聽著，大家上大學基本上只爲了兩種原因。有些人眞的是去學東西的，我是說專門的東西，手藝或專業素養之類的。其他人——例如我——只是去體驗的。我就像那種飢餓藝術家，這一類人從幼稚園開始就說服自己命中註定要成爲演員或音樂家或作家。對他們來說，大學只是混時間的地方，他們在等待天命降臨。

「而妳相信妳的天命是……成為有一把閃電槍的『神探南西』？」

看吧，你這樣講，聽起來就很瘋狂。事實上我從來沒有這麼明確的想法。那時候我連組織是什麼都不知道，所以我並不是暗自心想：「總有一天我要加入打擊邪惡的行動，所以我要這麼做。」比那模糊多了好嗎，我只是隱約有種我被納入什麼的感覺——我不需要自己規劃我的人生，因爲計畫早就存在了，我遲早能搞清楚計畫的內容。

但是等待的階段還眞是漫長。五年後我離開柏克萊時，我的天命仍然沒有降臨，而我沒有修習任何有用的科目突然間顯得不太明智。爲了生存，最後我做了飢餓藝術家做的事，跑去做連高中輟學生都找得到的工作：服務生、披薩外送員、酒類專賣店店員……隨便你講一個沒有門檻也沒有前途的職業，我大概都至少試過一次。

所以我很窮，住著一間又一間爛公寓，但我很年輕，遊戲人間——有時候玩得太過火——而且我還是覺得我被納入著。於是有一天，我回頭看看，發現我已經三十歲了。而我說過，關於我的天命，我始終沒有清楚地思考過，可是在代表里程碑的生日時，確實會想到一些事，而我三十歲那天，突然想到我眞的很久沒看到那枚硬幣了。我決定我需要看看它，把它握在手中，提醒自己——你知道的——omnes mundum facimus，我們都製造了世界，不管那究竟是什麼意思。

可是我找不到它。爲了找它我差點把公寓都翻爛。也沒什麼可意外的——我搬過太多次家，沒弄丟更多東西已經是奇蹟了——可是我還是極度沮喪。所以我出門去自暴自棄，長話短說，我的生日是在警察面前和救護車上結束的。

事後菲爾來看我，我們敞開心房長談我要怎麼處理我的人生。我從沒告訴過他硬幣、電話裡的聲音或其餘部分的事，但他的口氣像是他知道：「妳不需要收到一張雕花邀請卡才能行俠仗義，珍。」他說，「妳想做什麼，直接動手去做就對了。」我瞠目結舌了一段時間，然後驚覺他說的眞有道理。所以那算是成爲我三十出頭的人生主題。

「行俠仗義？」

唔，我嘗試行俠仗義。結果我發現那沒有聽起來容易。

前兩年我在救世軍和善意二手衣等組織工作，但發現我的個性實在不適合慈善事業，尤其是宗教性的慈善事業。我決定嘗試偏向白領階級的團體——畸形兒基金會、國際關懷協會——但那超無聊的，而且我對辦公室文化比起慈善更不拿手。所以我心想，回歸初衷，也許我需要的是更傾向於執行紀律的工作。

「執法人員？」

是啊。可是對我來說有另一個問題：要成爲警察，或是獄卒，甚至是假釋官，都得通過背景調查，而我有一些過去的紀錄——譬如我三十歲生日那天崩潰的事——就讓這些都變得不可能。我頂多只能當保全，不過在某間百貨公司保護商品並不算是我心目中的行俠仗義。

所以隨著時間無情流逝，我三十好幾的人生開始愈來愈像我二十好幾的人生：許多毫無意義、無疾而終的工作。然後我三十五歲了，三十六歲了，四十歲就在眼前，而菲爾對我再也沒有任何建議。

然後有一天，我巧遇我的老朋友小月。我已經二十年沒見過她了，可是那一天我忽然很懷舊，決定回去海特艾許伯里區瞧瞧，回到我們成長的街道。當時我站在曾經是公共農圃的空地前——地面重新鋪過了，變成一座滑板場——結果小月牽著一對小孩走過來。

她看起來好極了。又年輕又瘦，不像生過兩胎的女人。而我絕對一副飽受摧殘的模樣，所以她過了一下才認出我來，可是她一認出我就給我大大的擁抱，介紹我認識她的孩子。然後——好像這還不夠令人低落似的——她告訴我她和她老公開了自己的顧問公司，在家工作不說，每年還能賺進六位數。我只好編個故事回應她，說我加入和平工作團【編註】，如果我看起來有點憔悴，那是因爲近十年來我都在非洲對抗愛滋病。然後她說她得走了，所以我給了她一個假的電子郵件地址，要她保持聯絡。

我在回家路上經過一個公用電話，基於莫名的衝動，我拿起話筒。我沒有聽到撥號音，但電話並沒有壞——線路是接通的。「喂？」我說。沒有回音，但感覺另一端仍然有人在聽，所以我說：「如果你打算回電給我，最好盡快。」

隔天，我收到要我履行陪審員義務的通知單。我以前就接過履行陪審員義務的通知，而且算算時間差不多又該收到了，所以這可能只是巧合。不過也可能不是巧合……不管如何，我猜這都是個行俠仗義的機會，正符合我的期望。

這件案子是縱火謀殺。被告叫朱利斯．迪茲，出名的幫派分子，他發現他女友劈腿，就趁半夜往她家客廳丟了一枚汽油彈。她從後門逃走，但她把三個孩子留在樓上，沒有一個逃過一劫。

所以去參加陪審員遴選時，我本來還滿興奮的，直到我突然明白自己見過被告。我上次去藥頭家裡買貨時，他就在那裡。

「妳的藥頭？」

是啊，那傢伙叫甘尼許。

「我可以問是哪種毒品嗎？」

就一般的那些。當然有大麻，還有甲安、安定，特殊日子會買古柯鹼，需要廉價度假時就吸迷幻藥。我知道聽起來好像很多，但在我人生的那個階段，一切都在我掌控下。

總之，我上一次去找甘尼許是在被找去當陪審員之前一個月左右，他來應門時看起來很害怕。好，甘尼許一向都有點神經質。他原本在攻讀腫瘤學，後來被醫學院退學，我猜他腦子裡一天二十四小時都在播放大敗咒：「我本來應該在治療癌症的，結果現在只要哪天走霉運，就要進利文沃斯監獄蹲二十年了。」不過這天他不光是緊張兮兮，他根本怕到都快吐了，臉色發灰，好像他剛看完自己的雙胞胎被驗屍。

「我現在不能見妳，珍。」他說，然後開始在我面前把門關上。然後門又猛然打開，有個像巨大猩猩的男人從甘尼許背後往前一步，肚子重重撞上他，他差點跌個狗吃屎。

「妳好啊，珍。」猩猩說，一邊揪著甘尼許的後頸把他穩住。「什麼風把妳吹來的？」

我保持若無其事的口氣說：「只是順路經過，來打聲招呼。」

「是嗎？」他低頭看著甘尼許，把他轉了個方向，好像轉動易開罐好看看正面的標籤。「妳確定嗎？因爲這位甘尼許喜歡賣東西給別人——他不太擅長付帳單，但他喜歡賣東西。妳確定妳不是來購物的嗎，珍？」

編註：和平工作團（Peace Corps），是美國一個派志工到貧窮國家，提供經濟和社會援助的政府機構。申請人必須是十八歲以上（含）的美國公民。

「不，真的……我只是來說聲嗨。不過如果二位在忙……」

「是啊，我們有點忙……」他開始把甘尼許拖回屋內，「所以晚點再來吧，更晚一點。」

從那之後我就沒見過甘尼許或聽說他的消息了，我自然而然要往最壞的方向想。

在那以後我也沒見過朱利斯．迪茲。他的律師把他外表打理一番好準備出庭，不過金剛換個髮型還是金剛，所以我應該立刻就認出他才對。但我一心只想被選進陪審團，所以在法院的前半個鐘頭我都專心在寫陪審員問卷。我天花亂墜地寫完問卷交出去後，才注意到迪茲盯著我，努力回想他是在哪看過我的。

我們兩人同時想起來。然後他微笑，彷彿聖誕節提早來臨，而我的滿腔熱血都直接冷掉。我開始期待三件事快速依序實現：第一，我根本沒獲選為陪審員；第二，迪茲沒獲得保釋；第三，就算他獲得保釋，甘尼許也已經死掉或出國了，因為甘尼許知道我住在哪。

「我猜妳的願望一個都沒實現。」

當然。我的問卷寫得太好了，我是第一個入選的陪審員——迪茲看起來對此真的很滿意——後來，我們獲准離開時，我偷偷溜出法院，正好看到他在人行道上和他的律師握手。

所以我試著打給甘尼許，但他的號碼不通了。我不知道這算好事還是壞事。我心想也許最好無論如何還是出城避避風頭，但首先我去找我認識的另一個藥頭，給我的安定補貨。後來的記憶變得有點模糊，但我猜安定和冰箱裡那瓶伏特加下肚以後，我決定不出城了。

好，有另一件重要的事我還沒告訴你，那就是這一切發生的日期。我是在二〇〇一年九月十日星期一被找去履行陪審員義務的，隔天早上我大概六點鐘走到客廳，電視開著，我一開始還以為那是科幻電影頻道，因為螢幕上是世貿中心的影像，其中一棟樓著火了。接著我看到螢幕角落的CNN標誌，我心想，給我等一下。我才剛醒悟這不是三流電影，這是眞的，第二架飛機又飛來了。

我把音量調大，張大嘴巴坐在那兒看了一個鐘頭左右的電視，然後電話響了。是金剛：「妳好啊，珍。」

我應該要嚇得屁滾尿流，那才是正常反應，但我反而替他感到難過，因為世界剛剛天翻地覆，而他顯然還在狀況外。所以我說：「你附近有電視嗎？」

這不是他期待的反應。「聽著，妳這個笨婊子。」他說，「妳知道我是誰嗎？」我說：「嗯，我知道你是誰，我也知道你自認為很囂張，但事實是，你剛剛被比下去了。」他氣炸了，又是恐嚇又是咒罵，但我沒有眞的在聽，因為這時第一棟大樓塌了。一百一十層樓，就在我眼前化為碎石，我帶著詭異的疏離感意識到我正目睹一場大屠殺。

迪茲在電話裡怒吼：「妳在聽嗎？妳在聽嗎？」我說：「去你的，殺人犯。」然後掛他電話。我把話筒放下的瞬間曾想：這可能不太聰明，可是接著我的目光回到電視上的滿天沙塵，等到第二棟樓也垮了的時候，我已經完全忘了朱利斯・迪茲的存在。

我又嗑了幾顆安定，出門去散步。到了中午左右，我走到電報山的柯伊特塔。這時候所有飛機已經全面停飛，這座城市前所未有地安靜——唯一的聲音是風聲和一些人的哭聲。我正想找個地方點根大麻菸來抽，結果看到菲爾。我們什麼也沒說，只是一同離開現場，然後坐下來磨耗整個白天。

等我終於回到家時天已經黑了。藥物的效力消退，使我開始重新擔心起迪茲來，可是到了那時候，我記不起當天清晨的電話究竟有沒有響過，還是自己是在幻想。我小心翼翼地走進我住的那棟公寓，當發現我的房門關著、鎖得好好的，沒有被整個踹開，我想我是安全的。

我開門進入。電視開著，這似乎不太對勁，但我要自己別疑神疑鬼。我開始在客廳裡到處找遙控器，這時電視自己關掉了，迪茲說：「哈囉，珍。」

他坐在室內最暗的角落，膝蓋上橫放著一支球棒。我看看他，看看球棒，再看看我剛走進來的門，他說：「妳辦不到的。」

「好吧。」我說，直挺挺地站著。他說：「妳說對了，我是被比下去了。今天早上我們講電話時，我一點都不知道。妳知道他們說死亡人數可能高達五千人嗎？」

「五千人……」

「是啊，算是可以讓人認清一些事，不是嗎？不過也不全是壞消息啦，譬如說我的審判延期了。」

「延期了？」

「是啊，今天法院沒開，而根據現在的情勢，我的律師說也許要過好幾個月才會定出我的新開庭日。」

「我眞替你高興。」我說。

「噢，運氣好的人不只有我，妳也是。」

「是嗎？」

「是啊，」他站起來，「妳有時間養傷。」

那是當天晚上我最後一部分清楚的記憶。我知道我還是試著逃出門，而且最後成功了——鄰居發現我時我在樓梯平台上流血——不過在那之前他已經徹底毆打我。他打斷我的鎖骨，右手臂也有兩處骨折，再加上半數的肋骨都裂了或斷了。他也狠狠敲了一下我的頭——事後醫生告訴我，那一下沒把我打死或打成植物人眞是奇蹟。

我昏迷十天。醒來時在燈光調暗的病房裡，附近某處傳來電視的聲音。湯姆・克魯斯在講一位神父在世貿中心原爆點爲一位消防員作臨終祈禱時不幸喪命。接著瑪麗亞・凱莉開始唱我們心中都有個英雄，我心想也許我也死了，而這裡是地獄。但節目繼續，更多名人出來唱歌或講故事，有人呼籲民眾捐款，最後我才意識到我不在地獄，只是在美國。

警察來過。我告訴他們我不知道是誰攻擊我的。後來菲爾來看我，我對他說同樣的話，但他知道我在撒謊。我叫他管好自己就好。

我還有另一名訪客。在我甦醒後一星期左右，我第一次發現他，而有好長一段時間我都不確定他是不是眞的。我全身痛得要命，可是因爲我之前昏迷不醒，醫生不太敢給我開藥。但我一直纏著他們，最後他們給我注射嗎啡滴劑。這個傢伙出現時，我正飄飄欲仙。

他是黑人，有張圓臉。他坐在窗邊的椅子上看著我。

「妳為什麼認為他不是真的？」

因爲他的穿著。他穿著啦啦隊員的制服：粉紅格紋裙子、胸前寫著ＯＭＦ的粉紅運動衫、粉紅色花球，再加上假髮——毛線做的假髮，像是紮成左右兩束的粉紅色拖把。

「聽起來確實有點奇特。不過話說回來，在舊金山……」

是啊，我也這麼想，但另一個詭異的地方是，其他人似乎都看不到他。和我同病房的女人是腦癌末期，所以她就不提了，但還有很多護理師和醫生隨時進進出出，而他們連瞄都沒有瞄他一眼。我試著讓人注意到他，卻又不能……你知道，眞的說出來——萬一他不是眞的，我可不想被停掉嗎啡——可是沒有用。

所以我終於屈服了，試著和他交談：「你要幹嘛？」

「通關密語是什麼？」他說。

「什麼？」

「通關密語是什麼？」他放下花球，挺出胸部。

「omnes mundum facimus。」我說

「答對了……現在看看妳枕頭底下。」

這對我來說是高難度特技，但最後我把沒受傷的手臂伸到枕頭底下，我的手摸到一枚硬幣。那枚硬幣。

安心的感覺超乎我言語能形容的程度，但我也很氣憤：「『現在』你出現了？那個混蛋把我揍到噴屎的時候你死到哪去了？」

「那是個失誤。」他皺著眉說，「妳要了解，不是我部門的疏忽，但我很遺憾——那天很忙碌，沒能顧到細節。」他臉色突然一亮，笑道：「『去你的，殺人犯……』我喜歡，很有魄力。不怎麼聰明，但有魄力。」

「所以爲什麼是現在？」

「唔，我知道妳的腦袋受傷了，但妳應該知道最近的重大新聞吧？我所代表的組織——那枚硬幣代表的組織——正在舉行招募活動。」

「你要我幫忙打擊恐怖主義？」

「不是！全國有數不清的人在排隊做那件事呢。」

「哦，那不然呢？」

「嗯，有一個重大的邪惡體占據中央舞台，表示大家的注意力會被它吸走，忽略其他的邪惡。所以現在有人得逆向操作，確保其他的邪惡不會趁此作亂。妳可以參與其中，如果妳

有興趣的話。」

「但為什麼是現在？」我堅持重申，「其他的邪惡一直都在，你怎麼不早點來找我？」

「omnes mundum facimus，」他說，「妳查過這句話的翻譯了吧？妳知道它的意思並不是『等候進一步指示』或是『把拇指插在屁眼裡放空』。」

「是沒錯啦，可是……」

「我告訴妳另一句格言吧：『被召的人多，選上的人少。』這句經文的言外之意是那少數人很特別——勇敢到接受召喚，或是有足夠的價值被選上。不過還有另一種解讀方式。如果被召的人多，選上的人少，也許是因為多數人有更好的事可做。」他控訴般地對我搖一搖花球。「妳有一條命，我們期望妳能善用它。」

「好極了，」我說，「所以你的意思是你們是安慰獎？」

他又笑了。「我確實喜歡妳的精神。我——我們——用得上那種精神。所以問題變成：妳願意讓妳的生命得到善用嗎？妳準備好成為少數了嗎？」

「你知道答案是肯定的。」

「那好吧……明天晚上七點到七點十五分之間，妳要去這棟樓的頂樓。出電梯以後左轉，找一扇標示『一號檢驗室』的門。如果妳早到，或遲到，那都只會是個空房間。但如果妳準時到，妳會見到一個叫羅伯．楚的人，他會告訴妳下一步怎麼做。」

他要說的話說完了，但他還是坐在那兒微笑看著我。「來吧，」他終於說，「問吧。」

「好吧。你爲什麼要打扮成啦啦隊員？」

「珍，妳知道保密協議是什麼吧？這身服裝能發揮同樣的作用。妳覺得如果妳對醫院人員說出我們的對話，會有什麼結果？」

「他們會把我的藥停掉。」

「妳說對了。」他擠擠眼睛說。不久之後來了一位護理師，給我打了一針；我睡著了，等我再醒來，我的訪客已經不見了。但是硬幣還在，安全地壓在我枕頭下。

隔天傍晚，我留意保持清醒。六點四十五分的時候我爬下床，推著點滴架去搭電梯。我上到十四樓，找到了一號檢驗室，在七點零一分敲門。

「請進。」有個聲音說。

那個房間和這個房間很像。我的意思是沒什麼家具，只有一張桌子和兩張椅子。我進去的時候羅伯．楚站著，他穿著灰色法蘭絨西裝，在《奧奇與哈莉葉大冒險》還是熱門電視影集的年代，這套西裝可能算是時髦吧；他很矮，很結實，頭髮不多。

「歡迎，珍。」他向我打招呼，「我是鮑伯．楚。」

「嗨，」我說，「omnes mundum facimus。」

「沒關係，我不需要通關密語。不過既然講到這個，妳想通是什麼意思了嗎？」

我想通了，好不容易。「這是一句巧妙的反駁，」我告訴他，「反駁有人不想因爲壞事被責怪時會說的那句話：『世界又不是我製造的，我只是住在裡面。』」

「非常好。」

「所以你的組織是做什麼的？讓世界成爲更好的地方？」

「藉由打擊各種形式的邪惡。」楚一邊點頭一邊說。

「你們是政府單位嗎？」

他聽到這問題似乎很詫異。「政府會打擊邪惡嗎？」

我想了一下。不知爲何，我第一個想到的不是聯邦調查局或是司法體系，而是上一回去監理所的情況。「唔，」我說，「它『可以』打擊邪惡。」

「很多東西都『可以』打擊邪惡，」楚回答，「譬如說煤渣磚——如果有一塊煤渣磚掉進史達林的嬰兒床，二十世紀可能會令人愉快一點。不過就算這事眞的發生了，我也很懷疑大部分人會說煤渣磚的『使命』是打擊邪惡。」

「所以你們不是政府單位。那你們是什麼？正義使者？你們獵殺壞人對吧？」

「組織藉由各種方式達成目標，大多都是有建設性的作爲。我們利用好撒馬利亞人組、隨機行善組、第二和第三次機會組……」他一股腦說下去，列舉出十幾個項目，我到後來才明白那都是分部的名稱，以積極、激勵的方式打擊邪惡的眞實組織部門。我一定眼神發直，因爲他突然停住，說：「我讓妳覺得無聊了嗎？」

「有一點，」我承認，「所以你是哪一個，好撒馬利亞人組還是隨機行善組？」

「我所屬的單位叫成本效益組。」

「你們是管錢的。」

「我協助分配組織的資源。資源非常豐厚，但仍然是有限的。」

「『資源』也包括人嗎？」

「當然。」

「唔，如果你對人稍微有點了解，就知道我『不是』個好撒馬利亞人。」

「的確。」楚說，「我不認為妳是……」他將一把綠色的ＮＣ槍放在桌子中央。「妳應該認得這個。」

「我上次用的是橘色的。」

「妳在西耶斯塔科塔用的是標準裝備，這是特殊型號。」

「哪裡特殊？」

「等等再說，首先我要問妳一個假設性問題，算是測試。」

「好。」

「有兩個男人，都很邪惡。其中一個以前是集中營的指揮官，必須為謀殺五十萬人負責；他現在九十歲了，隱居在南美洲叢林裡。另外一個男人年輕得多——才剛滿二十五歲，健康狀態極佳——明目張膽地住在舊金山市中心。他目前為止只殺過一個人，但他發現自己有這方面的天分和興趣，他很有可能再出手很多次……不過當然，他的受害者總數永遠都只是指揮官的九牛一毛。」

「這兩個人不管誰死了，都會讓世界更美好。妳有權力殺死其中一人——但只有一人。妳選誰？」

「簡單，」我說，「年輕人。」

「爲什麼？」

「因爲殺了納粹是很明顯的選項，而這是陷阱題。」

「聰明。」楚說，但他的語氣間接表示正好相反。「現在來個不那麼官腔的答案如何。」

「在這個假設性情境中，我應該代入你的角色嗎？」

「不如說是符合我的職務內容的人吧。」

「那答案還是一樣，殺死年輕人。」

「爲什麼？」

「他還可能變更糟。至於那個納粹，大屠殺已經是過去式——殺了他可能更讓人滿足，但沒有好多少。」

「威嚇作用呢？」楚說，「殺了納粹不會嚇阻別人有樣學樣嗎？」

「如果是公開處決或許可以。要是我屬於政府單位，我就能讓他爲種族滅絕的罪名受審，再用電視付費頻道直播他被吊死的經過。那可能可以引起一些注意。問題是，我不屬於政府單位，我是個祕密組織的成員，這組織會讓探員打扮成啦啦隊員好阻止別人提起他們。沒人知道的處決連個屁都威嚇不了。」

「那正義呢？」

「這是假設性的『眞實』狀況，還是假設性的漫畫書？」

「那復仇呢？」

「復仇很有趣，可是和打擊邪惡無關。」

「的確，」楚贊同，「是無關。」

「這表示我通過測試了嗎？」

「前半部。後半部比較偏向非理論……」他在桌上放了兩本冊子，看起來好像參加學術能力測驗時發的題目冊。兩本冊子的封面各用簽字筆寫著一個名字。第一本寫著「班傑明・陸米斯」；第二本寫著「朱利斯・迪茲」。

「兩個男人，」楚說，「都很邪惡。其中一個妳已經見過了——」

「是啊，」我說，「而他並不是九十歲，如果這是你想引導的方向。」

「朱利斯・迪茲被控告謀殺，案件對他很不利，雖然他極力影響陪審員，他應該還是會被判有罪。即使能躲過牢獄之災，他的行爲已經讓他在黑白兩道都樹立敵人。一個九十歲的老頭可能都比他晚死。」

「那陸米斯呢？我猜猜看：他剛滿二十五歲，健康狀態極佳……」

「其實是二十七歲。而且他已經殺過四個人，不是只有一個。除此之外，是的，他就像是假設情境裡的年輕人。一個掠食者。他以三個月爲週期作案，所以除非有人阻止他，我們預期他會在十二月初謀害下一個受害者。」

「警察不知道他是誰嗎？」

「警察甚至還沒察覺他犯下的案子。他獵殺的對象是男妓，被家人遺棄的男人，所以沒人通報他們失蹤了。他下手很謹慎，事後會把屍體埋好。當然，假以時日他會被發現的——幾乎總是如此——但那可能還要好幾年。」

我盯著桌面。「這把槍只能射一次對吧？這就是它的特殊改裝。而測試就是我得選擇。」

「我們需要知道妳眞正的優先順序，」楚說，「等一下妳要選擇其中一本冊子；裡面有妳完成第一次任務所需知道的一切資訊。另一本冊子將送回我們的檔案庫，上頭標記當事人永遠不得被組織的任何探員傷害或做出不利行爲。」

「所以如果我選了迪茲，陸米斯就得到免死金牌？你眞的會這麼做？」

「否則就不算測試了，」他看看錶，「妳有一分鐘可以決定。」

「去他的，我才不需要一分鐘。」我伸手拿了一本冊子。楚收走另一本。「別把槍弄丟了，」他說，「等工作完成，妳會再見到我。」

我又在醫院多住了兩、三週。快要出院的時候，雖然我一個字都沒提組織的事，醫生還是把我的嗎啡降級爲維柯丁，這讓我暴躁不安。

他們在感恩節前夕放我出院。我在家裡度過安靜的節日——只有菲爾、兩份火雞微波餐和一些非處方止痛藥爲伴——然後，在十一月的最後一天，我殺了朱利斯・迪茲。

事情經過是這樣的：迪茲最愛待的地方是教會區的一間夜店。他大部分晚上會在十點左右出現，開著一輛紅色的野馬敞篷車，他會用很囂張的方式把車停在消防栓前面，或故意車頭朝著反方向——好像在說，你知道，我是叢林之王，一般的規矩管不到我頭上。如果沒有下雨，他也會讓頂篷敞開著。我猜這是因為他想展現他有多強悍，強悍到沒人敢偷他的車。也或許他希望有人眞的敢偷，那他就有藉口練習揮棒了。

那天晚上他開過來的時候，我躲在夜店對面的巷子裡。我看著他進去，給了他半小時時間放鬆下來。然後我放火燒他的野馬。

汽油很有詩意，但除了眞的很顯眼之外，汽油罐也不是隨隨便便就能單手拋擲的東西，而且我的右手臂還打著石膏。所以我用的是木炭引火器——二十盎司的容器，小到可以藏進外套。我趁街上的車流空檔閒晃到他的車邊，若無其事地站在那兒，把打火機油倒在前座椅墊上。當容器空了，我拿出一根萬能火柴，在我的石膏上劃出火花。

等到夜店保鑣發出警告時，野馬的內裝已經燒得很漂亮了。一堆人開始跑出夜店。大部分人離得遠遠的，但某一個山頂洞人衝向他的車。有那麼一瞬間，看起來迪茲要一頭鑽進火裡，替我省下工作。

「這時候妳在哪裡？」

兩個街區外，一座公園的入口。它位在高地，所以我可以清楚地看到夜店，反之亦然。

我就站在一盞路燈下，像是被打上聚光燈。

「妳希望迪茲看見妳？」

我的計畫是這樣沒錯，不過他過了好一會兒才看到我。你知道有個形容詞叫「盲目的憤怒」嗎？我現在懂那是什麼意思了。迪茲還在考慮要不要飛蛾撲火時，保鑣拿了滅火器來。那個人只是想幫忙，但他一開始往野馬噴出泡沫，迪茲就抓狂地揍他。那個人倒在地上，然後迪茲自己抓起滅火器，花了一分鐘左右摸索到底該怎麼用。接著他又抓狂了，把滅火器丟進一家店的櫥窗。

在這場鬧劇進行得如火如荼時，他突然身體一僵，我知道他終於感覺到我在看他了。「在這裡，殺人犯。」我輕聲說。他在原地慢慢轉頭，直到他直直看著我；我舉起沒受傷的手臂對他揮揮手。然後我沒命地衝進公園。

大約跑了一百公尺，我停下來回頭看。迪茲已經趕到公園入口，正從公園柵門掰下一根粗木條。我繼續跑，石膏一下一下撞著我的肋骨；等我再回頭看，迪茲已經把我們之間的距離縮短了大概一半，而且熱身般地握著木條揮著大圈。

我朝山坡底下做最後衝刺，經過一組鞦韆，從公園另一側出來，跑到兩邊都是民宅的街上。我的目標是接近街區盡頭的一棟房子，我邊跑上屋前台階邊拿出鑰匙，迪茲已經快趕上我了——我只勉強來得及把門在身後關上，搥門聲便隨之響起。他敲第三下時門鎖解體，第四下便整個脫落；門鍊啪地扯斷，然後迪茲進來了。

這次換我坐在客廳的陰暗角落。只不過我拿的不是球棒，而是雙管獵槍。我把獵槍的兩個擊鐵都扳起，穩穩地擱在右手腕上準備好發射，左手扣著扳機。

「妳死定了。」迪茲宣布。然後他眨眨眼，注意到槍，補了一句：「妳是在開玩笑吧？」

「不是，」我說，「我沒在開玩笑。現在我告訴你接下來會發生什麼事：你要放下你握著的木條，再來我們要下樓去地下室……」

「不，」迪茲咆哮，「接下來會發生的事是，妳要把那把該死的槍給我。妳可以乖乖交出來，或是我可以用搶的——但如果妳逼我用搶的，我『眞的』會很生氣。」

我扣下左邊的扳機。這一槍打中迪茲的手臂，使他踉蹌後退，還扯掉一大塊二頭肌。他粗聲大叫，木條脫手落下。

「你知道嗎，」我說，「你最好開始關心『我』的心情。」

迪茲一手包住受傷的二頭肌。「妳竟然射我！」他抱怨道，「妳瘋了……」他扭頭望向破損的前門。

「你辦不到的。」我說。我站起來，朝屋子後側比了比手勢。「地下室的門在那裡。開始走。」

他慢吞吞地移動，期盼我會靠他背後太近，讓他有機會奪槍。我們來到地下室樓梯前，他速度更慢，想對我用激將法：「我不知道妳怎麼會認爲妳能全身而退，珍。我是說，我知道妳不會殺了我。」

「繼續走。」

「我『知道』妳不會殺了我。也許妳是有膽子開槍，這我願意承認，但妳不想去坐牢，不是嗎？」

「繼續走。」

「還是妳笨到以爲妳可以說是正當防衛？這是妳的計畫嗎？向警察說妳非下手不可，因爲我狠狠揍了妳一頓？妳覺得他們會在乎嗎？」

我不打算跟他抬槓，但我忍不住說：「我想他們會在乎被你活活燒死的三個小孩。」

「那些小孩……原來是爲了這個？」他笑了。「關於那些小孩，我對妳說吧，珍，那天晚上我根本不知道他們在屋子裡。但是他們的媽媽——我所謂的女友——她知道。我敢打賭那個自私的婊子急著逃命時連一眼都沒有回頭看……珍，妳想批判別人嗎？何不批判一下把自己的小孩留著被烤焦的母親？」

「閉上嘴繼續走，我不會再講這句話了。」

「好啦，好啦……但我告訴妳，珍，我眞的看不出妳要怎麼好好結束這件事，我不……」

他威脅到一半便沒講下去。我們終於來到樓梯底部了。

地下室被一顆顆懸吊的燈泡點亮。地板原本是木頭的，但木板已經被撬起來擺在一邊，露出底下光禿禿的泥土。每隔一段距離——總共有四處——泥土被挖出長而窄的坑洞，後來又被填滿，再撒上石灰。熱水器和暖氣爐之間，第五個坑已經開始挖了，不過只是半成品。一把鏟子的柄部以歪斜的角度從坑裡凸出來；有個男人臉朝下趴在坑洞前，一隻手仍然朝著鏟子伸出。

「這是什麼鬼？」迪茲問。

「兩惡相權取其重。」我告訴他，「他名叫班傑明・陸米斯，是連續殺人犯。今晚稍早他心臟病發作，在事情進行中死亡——至少警察會這麼認爲。」

「在什麼事情進行中死亡？」

「掩埋他最後一個受害者。」

這時迪茲轉身撲向我的槍，但我的手指已經扣下扳機了。

「壞猴子。」我說。

事後，我回到公園，發現楚坐在鞦韆附近的長椅上。他看起來悶悶不樂。

「我叫妳選『一』個。」他說。

「一本冊子。」我提醒他，「但我不需要你幫忙就能掌握迪茲的行蹤。他的名字就在該死的電話簿裡。後來我去料理陸米斯時，在他的衣櫥裡找到那把獵槍……唔，我猜這是測試的一部分吧，看看我夠不夠求好心切，把他們兩個都除掉。」

「妳眞的這麼想嗎？還是妳爲了自己爽就殺掉迪茲？」

我聳聳肩。「那眞的重要嗎？你自己說的，他們兩個都很邪惡，現在世界好多了。」

「沒錯，可是現在出現了會讓警方起疑的矛盾之處。譬如說陸米斯比迪茲早了幾個鐘頭死亡。」

「我敢說他們分辨不出來的。我是說，對啦，如果他們現在就來，迪茲還是溫的……可是我沒聽到任何警笛聲啊，你呢？一旦他的身體降到室溫，就很難判定確切的死亡時間了。那個地下室冷得像肉品櫃。」

「那等他們發現陸米斯其他的受害者都是被毒死的，而不是被射死的呢？」

「那又怎樣？也許迪茲不是一般的受害者。也許他發現陸米斯做的事，想要勒索他，或只是不知怎麼地撞見他。」

「不知怎麼地。」

「這是個挪得問題。警察會相信陸米斯殺了迪茲，因爲這是最簡單的答案。他們會『想要』相信，尤其等他們發現迪茲的身分後。告訴我我錯了。」

楚搖搖頭。「這不是我們做事的方式。」

「聽著，你說你想知道我的優先順序。你要因爲我不守規定而找我麻煩嗎？你要因此而否決我嗎？那好。但我們都製造了世界，對吧？如果眞的是這樣，我可以幹掉兩個壞蛋時，可不會只要一個就滿足。我看到機會就好好把握，我並不後悔。再來一次我還會這麼做。」

說到這裡我停下來，擔心演得有點太過火了，不過一分鐘過去，楚並沒有炒我魷魚，所以我改用比較緩和的語氣繼續說：「所以我通過測試了嗎？我錄取了嗎？」

又過了一分鐘。楚嘆口氣。

「妳錄取了。」

「這次又有什麼問題？」她問，「我弄錯屍體的數量了嗎？」

「沒有，妳對班傑明・陸米斯的地下室場景描述得相當精確。」醫生說，「而且妳的敘述中有些細節是從未向媒體披露過的，例如迪茲的手臂受了槍傷。所以很可能妳人就在現場，或至少和到過現場的人交談過。」

「不過……？」

「不過妳的故事的其餘部分沒有證據來支持。就算朱利斯・迪茲是個殘暴的幫派分子，似乎也只有妳一個人知道。他沒有被控告謀殺的紀錄，應該說沒有『任何人』被控以妳說他犯下的縱火殺人罪名；除此之外，也沒有妳聲稱被他毆打的紀錄。」

「倒回去一下。你說迪茲沒有前科？」

「他是個罪犯沒錯，只是不是重罪犯。他有一長串與毒品相關的輕罪歷史，包括早年曾被控告竊取醫師的處方箋簿子。這起竊案發生時，他在聖法蘭西斯紀念醫院當實習醫師，正在攻讀腫瘤科醫師的學位。」

「不，你搞混了。腫瘤學學生是——」

「妳的藥頭朋友甘尼許，是吧。他也沒有任何紀錄，至少我沒找到，我不確定甘尼許是姓還是名，還是化名。」

「我也不確定。」她說，「但他不是我幻想出來的。喂，我向那傢伙買了好幾年的大麻耶。」

「唔，如果甘尼許是眞實人物，珍，妳能解釋爲什麼朱利斯・迪茲的生平紀錄和他一樣嗎？還是這又是挪得問題？」

「不，這不是挪得問題。」她皺眉，「這是迎合組。」

「迎合組？」

「組織的反間諜活動小組。他們一定知道我在和你談話。」

「組織竄改了警方的紀錄？」

「有人做了這件事。我知道聽起來很無稽，但如果眞的是迎合組呢？你可以直接放棄再去核對我的說詞了。」

「了解。這種說法還挺方便的，不是嗎？」

「是很方便，方便你認爲我滿口胡言……」

「爲什麼叫『迎合組』？反間諜小組叫這種名字還滿奇怪的。」

「他們做很多後勤工作，」她解釋，「組織避免被人發現的其中一個方法，就是沒有固定的總部。包括所有職員在內的成本效益組總是處於移動狀態，而迎合組就像是搬運工人。

他們偵察新的地點，打包和安裝設備，並提供人員的交通工具。此外，有點算是自然延伸的業務吧，總之他們也要負責會議和特殊活動：安排流程、保全工作、準備小點心什麼的。」

「所以如果妳需要和另一個間諜安排會合點，就會聯絡迎合組。」

「沒錯。」

「那要怎麼做？妳打給某個號碼嗎？」

「沒有號碼，直接拿起某個電話開始說話就行了。」

「接線生隨時待命？」

「除非那個電話位於不安全的地點，那麼就只會聽到撥號音，讓你活像個傻瓜。」

「好吧，」醫生說，「我們回到妳的故事吧。妳既然被組織接受了，我想妳接著要進行某種訓練過程……」

「他們稱之爲『驗證』。訓練是其中一部分，不過他們還是會繼續測試你，確認給你這份工作不是個錯誤。他們會讓你和一位資深的間諜配成一組，那位資深間諜稱爲驗證官，而你會接到一項驗證任務，驗證任務與標準任務類似，只是更複雜，有更多搞砸的機會。」

「妳的驗證任務是什麼？」

「一個叫阿洛．戴克斯特的傢伙。」

「另一個連續殺人犯？」

「比較算是連續傷人犯。他喜歡設置爆炸性詭雷：譬如說，他會找一個史酷比自動擠牙膏器，在裡頭裝滿黑火藥、滾珠軸承和一個動作感應器，然後把它留在商店貨架上等著別人拿起來。其實他還沒害死過任何人，但他絕對在朝那方向努力——然後，就在組織介入之前，他遇到一些人，他們想要讓他直接跳到大屠殺。」

「妳阻止了他？」

「沒有，」她又皺眉，「我應該要阻止他的，但事情出了錯。」

「怎麼回事？」

「他發現我了。」

注意雙向來車

電話裡的聲音說：「珍．夏綠蒂。」

「嗯，我應該要和我的驗證官約時間見面……」

「歐奇德和梅桑尼克交叉口的東南角，明天早上八點半。」

「你知道這個人長什麼樣嗎？或是他能不能認出我？」

「歐奇德和梅桑尼克交叉口的東南角，」那個聲音重複，「明天早上八點半。」

撥號音。

好吧，至少我知道怎麼去。那個路口在海特艾許伯里區，如果我的方向感沒錯的話，東南角就在菲爾和我讀的那所小學對面，中間隔著歐奇德街。

隔天早晨我到了那裡，站在一間糖果店的天篷底下，以前我常偷這家店的巧克力棒；我開始和路人玩起「猜猜誰是驗證官？」的遊戲。雖然下著綿綿細雨，可能人選還挺多的：有個男的在公車站等車，卻沒在察看到站的公車是幾號；另一個男的在雨中待了太久，他在讀的報紙都已經濕透了；一個拾荒老婦把額頭抵在電線杆上，彷彿想和它進行心電感應；還有一個一臉無聊的學校導護員。

我賭是那個導護員。他的制服不合身，而且他拿停車標誌的樣子好像馬戲團的熊，好像那只是某個侏儒剛剛遞給他的無意義道具。此外他似乎也不在意任何學童是不是都完整無缺地過了馬路。學校裡第二次鐘聲已經響了，但還有幾個珍・夏綠蒂這一類的小鬼在狂奔，想在最後關頭衝刺成功；如果他們衝到斑馬線上的時候，導護員是面向正確的方向，他會做出象徵性的手勢來阻止車流，不過這群孩子基本上只能自求多福了。

所以我判定這大概就是我要找的人，並試著和他攀談，這並不容易，因爲他也完全沒把周圍的成年人放在眼裡。

「嘿，」我說，舉起手在他臉前揮舞，「哈囉？」

導護員身後又有三個小孩衝到街上，正好衝到一輛超速貨運公司小貨車的行進路線上。我的眼角餘光看到拾荒老婦突然活了過來。她舉起購物袋在空中轉了一圈然後鬆手讓它飛出；袋子畫出弧度飛越擅闖馬路者的頭頂，在小貨車前端的車頂上爆開，罐頭撒得到處都是。小貨車發出尖銳煞車聲停了下來；其餘車輛也是，每個能聽見這聲音的路人都停下來。

拾荒老婦怒沖沖地走向那幾個小鬼頭，尖聲叫道：「注意雙向來車！注意雙向來車！」其中兩人一溜煙地跑了；第三個絕對是我這一類的，他堅守陣地一會兒，給了救他一命的女人一根手指式的感謝。

接著她的矛頭又對準導護員：「沒……在……看！」她開始啪啪地拍打他的胸部和肩膀——「集中注意力！集中注意力！」——那是疲軟無力的花拳繡腿，他是驚呆了才無力抵抗。接著她的拍打變成搥擊，他生氣了；他用手臂把她推開，恐嚇般地舉起停車標誌。拾荒老婦向後縮成一團，嚷嚷道：「打我？打我？」（或許應該是「打我！打我！」——事後回想起來，這個答案可能性較高。）

「滾開啦！」導護員說，她確實離開了——可是當她轉身要走時，她腳下一個踉蹌，跌在我身上，同時她在我耳邊用氣音唸出三個拉丁字。然後她就走了，沿著歐奇德街往東快步離開。

「『妳』要幹嘛？」導護員說，他終於注意到我了。我向他行了個部落式的禮，然後追向我的驗證官。

等我追上她的時候，她已經完全陷入思覺失調症般的喃喃自語模式。字眼大多都難以辨認，不過三不五時我會聽懂幾個字：「集中注意力！……小心！小心！……不要去石頭上，比利！」

她帶我走向一間店名爲席維曼的熟食店。櫥窗裡掛著「家裡臨時有事，本日暫停營業」的標示牌，可是當她走到門前，它卻爲她開啓。

鮑伯．楚坐在肉品櫃旁的桌子邊。拾荒老婦輕飄飄地擦過他身邊，走到房間後側的角落，把臉貼在牆上。楚讓她待了一會兒，然後柔聲喚道：「安妮，我們需要妳回到現實。」

她挺直腰桿，從角落裡出來。她眼神裡的瘋狂稍微消退了一點，不過沒有完全消失，因此當她向我伸出手，我得稍微勉強自己才能伸手和她握手。

「安妮・查爾斯。」她自我介紹。

「嗨，」我說，「我是勃朗特姊妹僅存的一位。」

「我們開始吧。」楚做了個手勢說道。我過去和他一起坐在桌邊。還有第三張椅子，但安妮沒有坐，而是站在椅子後面扭著雙手，並發出哼哼唧唧的聲音。

「妳的驗證任務。」楚說。他遞給我一本學生用的筆記本，封面有黑白斑點的那種；封面有個方框，寫著「我是＿＿＿的筆記本」，空格處用紅色蠟筆寫著「阿洛・戴克斯特」。我猜這是官方檔案，就像迪茲和陸米斯的學力測驗題目冊。

筆記本裡全是蠟筆畫。第一頁有個皺著眉的火柴男孩——根據標題應該就是阿洛——穿著短袖襯衫和黑色短褲。

第二頁，阿洛站在工作檯旁邊的椅子上，因爲專注而伸出舌頭，正在對泰迪熊施行某種手術。第三頁，阿洛在走路，邊走邊拿著泰迪熊舉在面前。第四頁，他把泰迪熊放在地上並倒退離開；第二個火柴人男孩——羅傑・奧森——則從反方向走近。第五頁，羅傑撿起泰迪熊，阿洛摀住耳朵。第六頁，泰迪熊消失在卡通式的爆炸圖案當中。第七頁，羅傑站在那兒哭，他的臉滿是黑灰，頭頂還冒著煙；阿洛在一旁看著，面露微笑。

第八頁，阿洛又只有一個人，看起來悶悶不樂……

基本上相同的情節一再重複。每一次爆炸都比前一次威力更大一點。有個叫葛瑞格・福克納的男孩撿起裝有詭雷的早餐穀片盒，他不只失去頭髮，一隻眼睛還被打了叉叉。有個叫裘蒂・康拉德的女孩失去了雙眼，有個叫塔里克・威廉斯的男孩失去一隻手。在最驚悚的場景中，有個叫哈洛德・羅德里奎茲的男孩兩條手臂都斷了，噴出來的血多到阿洛得撐雨傘。

我望向楚。「你知道嗎，我知道你們這些人對保密有執念，可是這已經不是品味差勁足以形容……」

「妳手上拿著的並不是組織內部的報告，」他告訴我，「而是某一次搜索阿洛・戴克斯特公寓時找到的筆記本的摹本。」

「這是他自己畫的？他幾歲啊？」

「三十二。當然，那是指生理年齡，他內心的自我形象──」

「誰鳥他？」我打岔，「我什麼時候要殺了他？」

「不久之後，但如果可能的話，我們想要先釐清一些疑問。翻到下一頁。」

哈洛德・羅德里奎茲爆血畫面的下一頁，阿洛又占據了中央舞台，但這次還有另外三個火柴人和他站在一起。不應該說火柴人，應該說火柴猴才對。其中兩隻把他夾在中間，像立體聲音響對他同時說悄悄話；第三隻猴子站在一旁，手拿著黑色公事包。

下一頁，公事包打開來放在地上，阿洛跪在它旁邊，兩手交握，嘴巴張成圓形來表達他極度的喜悅。三隻猴子聚在他身後，看起來對他的反應很滿意。至於公事包，圖畫並沒有畫出裡頭裝著什麼，不過不管是什麼，它都散發黃色和橘色的光芒，而根據阿洛的喜好來判斷，不難讓人猜想一些可能的答案。

「知道那些人是誰嗎？」我問。

「那是我們想要釐清的其中一項疑問。」

「我猜蓋達組織太明顯了喔？」

「倒不是太明顯，而是不太可能。阿洛・戴克斯特是個政治冷感的精神變態，不是伊斯蘭聖戰士。再說，妳看他是怎麼畫他們的。把阿拉伯人畫成猴子幾乎絕對代表敵意，但戴克斯特先生並沒有瞧不起他的新夥伴，他很崇拜他們。」

「你怎麼知道？」

「翻到下一頁。」

下一頁——應該說是跨頁，這也是筆記本裡最後一張圖——阿洛又開始行動了，他帶著公事包走向某種圍起來的場所，裡頭聚了一大堆火柴人。我能認出拿公事包的人是阿洛，是因為他仍然穿著襯衫和短褲。但是他的肩膀上頂著一顆新腦袋：他現在也成了猴子。

「我猜你們也不知道他的目標是什麼。」

「對，」楚說，「那是最重要的疑問。如果戴克斯特的共犯不是幻想出來的，光是阻止他可能還不夠；也許還有其他拿著公事包的猴子。」

「你有沒有想過直接問他他的好朋友是誰？我是說，你們應該會審問嫌犯吧？」

「會啊，也許我們會這麼做。不過汲取資訊比較有效的方法往往比較花時間，而我們不認為有太多時間。所以我們決定密切監視戴克斯特，看看他會做什麼。妳的工作是協助監視，並且因應狀況做出任何必要行動；如果看起來戴克斯特要去執行任務了，妳得確保他不會成功。」

「好的，」我說，「我的槍在哪裡？」

「不久後會送到妳手上。至於現在，妳跟著安妮，照她說的做；她已經聽取過這次行動的完整簡報。」

「跟著安妮喔……那個，楚，我能不能和你私下說幾句話？」

「晚點再說。」楚邊說邊站起身，「我們行程排得很緊湊，我還有別的事要辦。」

好吧。我聽得出別人想打發我——至於安妮，她也聽得出誰對她沒有信心。等我們回到店外，她說的第一句話就是：「妳很怕我。」

「『怕』這個形容詞有點太強烈了，」我撒謊，「妳是讓我有點不知所措，不過——」

「妳不必害怕。」她對我很快地冷淡地笑了一下，「我知道我是什麼樣子，但我眞的很可靠。上帝讓我保持專注。」

「好——的，很高興聽妳這麼說……那麼上帝要我們先做什麼好呢？」

「妳身上有多少錢？」

「不多，大概有一張二十元和一些零錢吧。」

「把那二十元給我。」

熟食店隔壁的隔壁是一間位於轉角的雜貨店，他們有賣刮刮樂彩券。「妳喜歡哪一種？」安妮問我。總共有十五種可選，大部分都以某一類賭博爲主題：幸運撲克、輪盤刮刮樂、二十一點、紙牌三公……這時我注意到有一種叫叢林現金，卡上有動物圖案，包括被兩隻老虎尾隨的一隻狒狒。「那一種。」我說，安妮讚許地點點頭。

叢林現金刮刮樂每張兩塊錢。安妮買了十張，我們全都刮開之後，有九張都中獎了。我們帶著三百多元離開商店。

「那招每次都奏效嗎？」我問。

「『只要上帝願意，就會有水。』」安妮回答，招了輛計程車。

計程車帶我們到里奇蒙區的一個地址，那是一間名叫「救贖主堂」的五旬節教會。它讓我聯想到西耶斯塔科塔的迪亞茲教會，而且安妮開口閉口上帝已經讓我相當焦慮了，我擔心我的訓練課程會包括開口說出我不懂的方言。不過這時我注意到大門上的鐵鍊，還有一面標示牌寫著「出租中」。

「這是什麼地方啊？」我問，心想也許阿洛・戴克斯特拿它當作炸彈工廠。

「家。」安妮說。

「妳住在這裡？妳和上帝？」

「不是裡面，」她說，「繞到後面。」

繞到後面有座小墓園。墓園大門和教會一樣，掛著鐵鍊並上了鎖頭，不過安妮有鑰匙。她的家是一個裝冰箱的大紙箱，外頭蓋著防水布。紙箱敞開的一端面向一座墳墓，墓上刻著「威廉・丹恩」。這座墳地用石頭整齊地圍起來，安妮很小心地繞著石頭外圍走。

「我馬上就好。」她說，然後爬進紙箱。

有些問題你是不會問的，尤其是對一個瘋子。所以我一邊等，一邊決定把這狀況視爲組織給我的另一道測試謎題，據我所知也確實如此。我沒看到安妮的手指上有戒指，所以威廉・丹恩大概不是她老公。他可能是她的情人，我心想，不過我再仔細看一看墳地，發現石頭圈出的範圍太小，容納不了成人尺寸的棺木。

「好了……」安妮重新現身，揹著一個淺藍色的背包，和她的拾荒老婦裝扮形成強烈對比。她蹲在墳墓旁邊輕拍墓碑，那種動作徹底掃除比利・丹恩【譯註】究竟是不是她兒子的疑慮。然後她抬頭看著天空。雨停了，不過雲層仍未散開，我看得出來她並不情願把這孩子一個人留在惡劣天氣中；我有點預期她會把冰箱紙箱上的防水布拉下來用作毛毯。然而她抗拒著這種衝動，再拍了墓碑最後一下，便站起身。

「現在去哪？」我問。

「跟著我就是了。要集中注意力。」

我們步行上路，大致上朝著市中心走。走了大概一個街區後，安妮又開始喃喃自語，這

譯註：比利（Billy）是威廉（William）的暱稱。

次我一個字也聽不明白。我試著置之不理，卻做不到——她嘴巴吐出來的胡言亂語有種詭異而明顯的刺耳感，像是用指甲刮黑板。

「安妮？」我說，「振作一點，安妮。」但那只是使她的音量調高兩度。街上的人紛紛轉頭盯著我們，於是我開始左顧右盼、望著天上的雲、看看經過的建築，我的肢體語言發送這樣的訊息：「我走在這個人『旁邊』，並不表示我就是和她『一起』的。」

然後突然間，碎唸聲中斷，安妮一把抓住我的手腕。我低頭看；我的右腳舉在半空，正準備往一個破酒瓶參差不齊的底部踩下去。

「集中注意力。」安妮說。

所以從那之後，我小心看著我要走的路，而安妮的碎唸沿著我的耳朵往裡鑽，在我的大腦後側開門做生意。接下來我才發現我們回到了海特艾許伯里區，站在一間名叫「玫瑰與十字架」的旅館前面。門廳侍者對安妮點點頭，悄悄遞給她一串鑰匙。

我們上到二樓，進到一間只有一張單人床的房間。床才剛鋪好，床罩誘人地翻開；安妮把我推向床鋪，說：「我要去洗個澡，妳睡吧。」

「睡？」我說，「現在才早上十一點……」但說實話我累斃了；邊聽她碎唸邊走了好幾公里的路讓我精疲力盡。我用腳脫掉鞋子，鑽進被窩。當我的頭碰到枕頭時，我立刻到了另一個地方。

我在一間教室裡，坐在課桌前，位置是中間第三排。前方黑板前面有一個比較年輕、看起來神智比較正常的安妮在畫組織圖表。圖表中的方框大致上構成一座金字塔；位於最頂端的方框裡寫著「T.A.S.E.」。這個方框的正下方有另一個方框，兩者之間以雙平行線相連，這個方框裡寫著「成本效益組」。從這個方框再往下則散射出更多線段，連接到其他的分支和分分支，有些我已經略有耳聞（迎合組、隨機行善組），但大部分完全沒聽過（恐怖小丑組？）。我有點失望地發現，壞猴子組雖然是直接連到成本效益組的，卻位於金字塔底部。

在等安妮把圖表畫完的空檔，我打量四周看看有什麼好玩的。這裡沒有別的學生，所以傳紙條別想了，而教室窗戶外頭也沒有風景可看，只有一團白光，好像學校是飄浮在雲裡。然後我把桌面翻開，發現裡頭有一本課本，標題是《隱形學院的祕密》。聽起來很有趣。

結果並不是。內頁密密麻麻全是螞蟻字，還沒開始讀就可以斷定一定很無聊。我開始翻整本書找圖片（一張都沒有），這時有人踢我的椅背。

菲爾平空出現在我身後的座位上。不是我喜歡的、成年的菲爾；是十歲的菲爾，在我被送走之前把我煩得不像話的菲爾。「別鬧了。」我警告他。我繼續研究課本，菲爾又踢我的椅子。

「別『鬧』了！」我霍地轉身，兩手握著書揮舞。但菲爾不見了。

教室前方傳來尖銳的敲打聲。「珍，」安妮說，「我們需要妳回到現實。」

「是的，女士。」我聽到自己說。

「今天的課程內容包括組織的指揮系統結構、如何正確使用NC槍，以及如何使用每日字謎當作隱祕的聯絡管道。請翻到第一千四百六十五頁……」

好漫長的夢。最糟的部分在於，它與眞實的教室不一樣，我不能打瞌睡，因爲我已經在睡了。

等我終於醒過來，已經是晚上了。安妮在窗邊往外看；她聽到我摸找床邊櫃的檯燈開關，說：「別開燈。」

我過去窗邊找她。旅館對街是一間火車模型店；店的樓上是公寓，而在二樓的其中一戶，我看到一個三十來歲的男子穿著內衣褲走來走去。「那就是他？」

「那就是他。」安妮用手肘頂了一下擺在窗台上的鞋盒。「有人送這個來給妳。」

我的ＮＣ槍。我把槍拿出來，放在手上掂了掂，很快地照我在夢境教室學到的方法做了兩次完整性檢查。我確認手槍的功能都正常後，安妮說：「我們來複習一下……假設我要妳從這裡射他，妳辦得到嗎？」

設定在ＭＩ模式時，ＮＣ槍的有效射程大約是十五公尺；設定在ＣＩ模式時，距離還要減半。「我可能可以用心臟病發作制伏他，」我說，「但我得打開這扇窗戶，還要讓他也打開窗戶。」

「爲什麼不直接隔著玻璃射他？」

「行不通。這種槍可以穿透一般的衣料，但是更堅固的物質要不會吸收槍擊威力，要不會把它隨機反彈出去。反射性表面很糟糕。」

「由此還可以得出什麼重要結論……？」

「除非我近到不可能失手，否則我也絕對不該朝站在反射性表面『前方』的人開槍。」

「很好，」安妮說，「妳有在聽。」

「是啊，所以我有個問題：妳現在確實是要我射他嗎？因爲我可以直接走過去按他的門鈴。」

「今晚不要。」她遞給我一個無線耳麥，「這能讓妳和其餘監視小組成員保持聯繫。如果看起來他要離開公寓了，就通知他們。否則的話，盯著他就對了。」她走向床鋪。「天亮時叫我，或者有狀況就隨時叫我。還有，珍——」

「是啊，我知道，集中注意力。」

安妮沒有立刻去睡覺。我聽到她禱告，然後有一陣子她又在對威廉說話。大概半小時後，她總算安靜了，阿洛家的燈也熄滅了。在那之後，就剩我一個人在黑暗中，除了玩大拇指無事可做。

我好累。我知道聽起來可能很怪，因爲我才剛睡掉一整天，但夢境學校並不是讓人可以休息的地方。而且我從早餐之後就什麼也沒吃了，腳也因爲走路走太遠而痠痛不已。我決定坐下來，只不過房間裡連一張椅子都沒有，所以最後我坐在地上，背靠著窗台下方的牆壁。起先我還很稱職地每隔幾分鐘就抬起頭，察看阿洛的公寓，但沒過多久我便開始打瞌睡。

我在濛濛亮的晨曦中驚醒。我睡著的時候，從海灣那兒飄來一股霧氣；我隔著薄霧看到阿洛的窗戶仍然暗著，但那表示他還在床上或是已經出門了，只有天知道。

連說了幾十遍「媽的！」。然後，爲了換個花樣，我試著罵自己蠢婊子。我還有一些詞彙在排隊等著上場，不過我還沒用到它們，就有人從阿洛那棟公寓的大門走出來。我在霧氣中只看得出那是個人，但不管那人是男是女，都拿著某種提箱。

「妳怎麼辦？」

我試著呼叫監視小組，得到的回應卻只有靜電噪聲。拿著提箱的人走進火車模型店旁的小巷子。我對耳麥做了最後一次嘗試，便抓起手槍跑下樓。

等我趕到小巷時，那個人已經不知去向。耳麥持續發出嘶嘶的靜電聲。我正準備找公用電話，目光卻突然被某個東西吸引，那東西和這骯髒的巷子格格不入：是一個戴著鮮黃色女帽的瓷娃娃。它被塞在大垃圾箱裡，一條手臂從蓋子底下伸出來，好像想和人握手。

我不假思索地朝它伸出手，只在最後一秒才驚覺這有多愚蠢。我退後，撿了塊石頭，準備丟出去，然後又醒悟到這也很蠢，於是我就只是猶豫不決地站在那裡。

「妳在做什麼？」

楚從我的背後走來，在霧裡悄無聲息。我差點轟掉他的腦袋。

「妳在做什麼？」他重複。

我看著手裡的石頭，彷彿在說：這是打哪來的？然後盡可能若無其事地把它拋開。「我覺得我看到阿洛往這裡來了。我試著呼叫，可是耳麥好像壞了還是怎樣。」

「沒壞，監視小組不想再聽妳打呼，就把接收器關掉了。」

糗了。「他們爲什麼不乾脆叫醒我呢？」

「他們試過了，但音量就只能調到那麼大。」

「噢……唔，那個，我很抱歉，可是阿洛——」

「戴克斯特還沒起床。」

「你怎麼知道？」

「妳想呢？」

「你們在他的公寓裝了竊聽器？」

「當然。」

「欸，既然你們已經有辦法監聽他了，幹嘛還要『我』盯著他？」

「妳確定妳要對這件事追根究柢嗎？」

「既然你都這麼說了，那就算了。」

「很好。現在回樓上去吧，試著不要睡著，除非接到睡覺的指令。」

他開始轉身離開。

「楚。」

我好像聽到他嘆氣。「嗯？」

「安妮，」我說，「她是怎麼搞的？」

「我想妳已經大致猜出來了。她曾經有個年幼的兒子，還有一棟緊鄰海灣的房子。有一天，她讓自己的注意力鬆懈了。」

「那孩子淹死了。」

「對。」

「而現在她瘋了。」

「就臨床診斷而言她沒瘋。」楚說，「她以前是小學老師，不過她有修心理學。在兒子死後，她運用對心理疾病的知識爲自己建了一堵防護牆。」

「她裝瘋來避免自己眞瘋？」

「比那稍微複雜一點，不過本質上來說沒錯。只要妳和她相處得夠久，就會發現她只在安全或有用處的時候才會發作。需要她清醒的時候，她就很清醒。她很可靠。」

「是啊，我聽說了。『上帝讓我保持專注』？」

「妳不信上帝。」

「不信，抱歉。」

「沒必要向『我』道歉。但我對妳說一個關於上帝的祕密：只要妳小心一點，不向祂要求太多，那麼祂是否存在其實並不重要。安妮的要求就不多。」

「只求一天三餐還有頭上有個紙箱屋頂，對吧？」

「她想要發揮用處。以安妮的故事而言，她大可以活在罪惡感中、行屍走肉地度過餘生，但她希望她剩餘的時間是有價值的。組織給了她目標；上帝驅使她有所作爲。」

「你不擔心全能的神在任務進行到一半時取消你們的指令？」

「如果我覺得有必要擔心不聽話的探員，」楚說，「我第一個想到的不是安妮。」

「好啦，好啦……我懂你意思。」

「但願如此。」

「眞的啦，楚，我知道了。」我抬起手敲敲耳麥，「所以，我可以用這個訂早餐嗎？」

事實上我又過了兩個鐘頭才吃到東西。我回到旅館叫醒安妮之後，她在浴室裡待到天荒地老——我猜如果你住在紙箱裡，室內衛浴是怎麼用都不過癮的——然後她又花了幾乎同樣長的時間從她背包裡的各種破布挑選出適當的穿搭組合。不過我人很好：我只有「一點點」不耐煩而已。最後我們走出門去席維曼熟食店，我狼吞虎嚥地吃著貝果和燻鮭魚。

從那之後，我們遵遁一套固定模式：早餐後我們散步；安妮碎碎唸；我聽她唸。然後回到旅館，我上夢境課程，安妮——醒著的安妮——則去沖澡。然後我守夜一整晚。然後又去席維曼的店。周而復始，一連七天。七天下來，我已經知道壞猴子組探員該知道的一切了。

第八天早晨，安妮告訴我我已經完成訓練的第一階段。「回家休息吧，」她說，「我們七十二小時後在這裡會合。」

「那阿洛怎麼辦？」

「如果我們運氣好的話，到時已經有人處理他了。如果運氣不好……妳可得靈光一點。」

我回到家後立刻就癱了，睡了一整天。醒來時飢腸轆轆，但想到燻鮭魚就讓我反胃，所以我放熟食店一天假，改去一家我知道的酒吧。我正在吃第二盤起司薯條時，菲爾出現了。

「一定很美味，」他說，「妳看起來好滿足。」

「不是因爲薯條。我找到新工作了。」

「是妳一直在尋覓的那份工作嗎？」

「是啊，」我說，「我想可能就是喔。如果我別搞砸的話。」

「妳有對他說工作內容嗎？」

沒有。我可以講，我是說，菲爾大概是我所知道唯一會「相信」我的人了，但……我沒講。我只說那是一份「公共服務」類的工作，細節部分含糊其詞，而菲爾知道不要逼我逼得太緊。不過他露出像是以我爲榮的微笑——像是如果我告訴他一切，他就會以我爲榮的。

我倒是對他說了安妮的事。我稱她爲我的主管，捏造說她住在遊民收容所而不是墓園，但除此之外，我幾乎實話實說。「我愈來愈喜歡她了。一開始我不想和她待在一起，但現在我知道她瘋瘋癲癲的舉動多半是演戲——嗯，不該說是演戲，比較像是應對策略——我就開始喜歡她了……不過上帝的事還是讓我有點心煩。」

「爲什麼？」

「除了因爲很愚蠢之外嗎？唔，我不懂對一個讓你的小孩淹死的上帝來說，你還理祂做什麼。」

「這個嘛，」菲爾說，「看好那孩子又不是上帝的責任，是她的責任。」

「什麼，她就沒注意他那麼一次，上帝就忙到不能罩她一下嗎？」

「只有那麼一次嗎？」

「閉嘴啦，安妮才不是那種人，她不是失職的母親。」

「妳怎麼知道？」

「因爲我認識她，好嗎？她是有點怪，但她人不壞。我們效命的這個組織是有原則的，如果她不是好人，他們不會繼續用她。」

「也許她現在不是壞人，但是之前呢……？」

「對啦，我相信她以前是個母夜叉。嘿，我想到了，也許上帝殺了她的孩子是要鍛鍊她的人格：『去吧，比利，跳進海灣裡，這會讓媽咪搞清楚輕重緩急喔……』聽起來如何？」

「我不知道。有可能吧。」

「『有可能吧』？你他媽是認眞的嗎？」

「也許是這份工作造成的。妳說妳們在做很重要的工作，但如果這個女人的兒子沒有死，她還會加入——」

「天啊，菲爾，你是『故意』惹我生氣嗎？」

他發誓他沒那個意思，但他還是繼續激怒我，所以不久之後我就叫他去外面涼快涼快。該死的菲爾……你知道，十次裡面有九次，和他聊一聊都會讓我心情變好，但剩下那一次卻會讓我懷疑何必浪費時間在他身上。我把剩下的休假用在一個人窩在家裡，帶著一瓶酒和從甘尼許的繼任者那裡弄來的毒品存貨癱在沙發上，看有線頻道的間諜影片。

我回到工作崗位報到時，阿洛・戴克斯特還活著。那個週間的早上十一點，安妮和我從玫瑰與十字架監看，看到他讓火車模型店開門營業。

「所以那是他的店？」

「他負責管理，」安妮說，「但店面是他奶奶租的，貨款也是他奶奶付的。她還替他付公寓的租金。」

「好大方的奶奶。組織有沒有查她的底細？」

「有，她並不邪惡，只是很孤單。」

「那員工呢？」

「他沒有請人，而且客人也不多。他不是所謂的善於與人打交道的類型。」

「所以基本上這間店只是他的私人遊戲室。」

「可以這麼說。」

「那我們的計畫是什麼？就在這觀望，讓阿洛慢慢玩他的火車？」

「要看情況。」安妮說，「今天早晨我和楚談過了，他說成本效益組對於這次行動意見分歧。有些人覺得我們應該繼續監視和等待；另外的人，包括楚在內，認爲事情已經拖得太久了。他們想要刺激戴克斯特行動，如果我們可以想出該怎麼做的話。」

「妳是說如果『我』能想出怎麼做的話，對吧？這是我的期末考嗎？」

「妳有任何想法嗎？」

「嗯，其實……妳兒子喜歡火車模型嗎？」

她的表情又變得很敏感易怒，不過接著她說：「飛機模型。比利長大以後想當飛行員。」

「好，飛機，大同小異。重點是，妳去過模型店。」

「我們以前每個星期六都去。」

「那妳記得開這種店的宅男看到有女人走進店裡，會有什麼反應嗎？」

她點點頭，察覺我想說什麼了。「嗯。」

「是啊——而且那些傢伙可能還『喜歡』有客人上門呢。」

安妮轉回身面向窗戶，低頭看著阿洛的店。「妳要我進去？」

「不，」我說，「讓我去耍耍他。我正愁找不到人分享晦氣呢。」

有一輛計程車就停在離火車模型店不遠的路邊，司機一邊玩每日字謎，一邊悠哉地吃著迎合組廚房送來的一盒咖哩雞。如果阿洛想逃，那輛計程車會幫忙追蹤他，或者必要的話——把他輾斃。至少原訂計畫是如此，但有個小問題。我在過馬路的時候，有個黑人走向計程車想要搭車，而當司機爲時已晚地打開「非營業中」的燈號，那黑人認爲他是針對他個人。我閃身溜進阿洛的店時，他們正吵得不可開交。

店面前側擺滿貨架和展示櫃，不過後側的空間由一塊很大的火車模型陳列品占據，它非常完整，有風景模型和一座城鎮的比例模型。阿洛站在陳列品前方讀著一本雜誌，同時玩具乘客和運貨列車一圈又一圈地繞著城鎮跑。

我用力把門關上。阿洛驚跳起來，把雜誌都弄掉了。

「你好啊！」我用無腦小妞歡快的語氣大聲說，「你這裡有賣『火車』嗎？」

阿洛沒有回答，只是瞪大眼睛盯著我，好像他預期我馬上就會掏出槍來射死他。這應該是個警訊，不過我太滿足於他的反應而沒有察覺。

「抱歉，」我說，「我不是故意要『嚇到』你……但你可以幫我一下嗎？我要買生日禮物給我弟弟……噢，好可愛！」我右邊的貨架上有一疊裝在盒子裡的迷你常青樹。我從最底下抽出一盒，讓整疊盒子都滾到地上。「糟糕！」我彎腰撿樹，屁股用力撞向另一側貨架，使更多盒子飛下來。

這使得阿洛由麻痺狀態中甦醒。他沿著走道衝過來，但我一直起腰桿，他立刻停步。

「抱歉，」我重複，朝著亂七八糟的盒子揮揮手，「也許我還是讓你來處理比較好？」

「妳要什麼？」阿洛問。他的嗓音很尖，聽起來好像隨時都會崩潰地哭出來。

「嗯，我剛才說了，我要買生日禮物給我弟弟。我是說，你別說出去喔，他最近挺混蛋的，所以其實他『不配』收到禮物，不過算他走運，我不是會記恨的那種人……總之，最近這一年他迷上玩具火車，所以我想買點什麼送他。」

「哪種火車？」

再度祭出無腦小妞語氣：「噢，你知道，有『輪子』的那種？」

「什麼『比例』？」

「比例？」

「H O？O？N？Z？」

「你瞧，這就是爲什麼我得來實體店面，而不是直接上網買一買。我完全不知道你剛才在說什麼。」

「『火車』的『比例』。H O是一比八十七，O是——」

「什麼一比八十七？」

「這是『尺寸比例』，H O規的火車模型大小是眞正的火車的八十七分之一。」

「噢……嗯，我不確定耶。我知道他的火車都很『小』，不過說老實話，我在分數方面一向不在行……這些是什麼比例？」我舉起手臂指著；阿洛往旁邊閃躲，好像我的手指是矛尖，這給了我從他身邊擠過去的空隙。我走到火車陳列品前。「對，這些看起來滿像的……」有一列火車正在接近城鎮邊緣的一座橋；我從軌道上捏起火車頭，讓六節乘客車廂墜入河谷。「這是ＨＯ大小嗎？」

阿洛的腮幫子一下鼓起一下內縮，而且他好像快把下嘴唇咬掉了。「抱歉，」我又說，「不過這是正確的尺寸，我幾乎確定……你有類似這個的商品嗎？」阿洛無法說話，只是指向一旁的展示櫃——然後立刻就後悔了。

展示櫃上了鎖，但我藉由搖晃玻璃門，成功地把裡頭的兩列火車弄翻。我轉向阿洛：「你可不可以幫我打開——」

「不行。」

「我只是想看——」

「『不行』。」

「好吧，」我聳聳肩，隨便指著一節火車頭，「那個叫什麼？」

「柏靈頓北方鐵路。」

「那個呢？」

「聯合太平洋鐵路。」

「那個呢？」

「伊利諾中央鐵路……聽著，我沒有時間列出每個——」

「噢——！上面那個怎麼樣？」

「西南酋長號。」

「那個滿漂亮的，還有沒有別的顏色？」

「沒有……那個，我今天早上真的有點忙，所以如果妳不確定妳要買什麼——」

「那猴子呢？」我說。

「什、什麼？」

「猴子。」我對他微笑，「我知道很怪啦，不過我們小的時候，我弟超愛『好奇猴喬治』的，他好像一直沒有喪失對牠的喜愛。你有沒有上面有畫猴子的火車？」

「沒有，我沒有那種東西，我連『聽』都沒聽過。」

「那提包呢？」

阿洛又咬嘴唇。

「你知道，」我繼續說，「像是手提包？自從我弟培養出這個嗜好以後，他交到一些……有趣的新朋友。所以我想他可能想要個可以裝火車的提包，好帶著去找他們玩。你有沒有那種東西，大概這麼大？也許是漂亮的黑色？」

店的後側房間裡有個電話開始響起，阿洛轉頭朝向聲音來源。「你要去接嗎？」我問他。顯然他很想——至少他很想離我遠一點——但同樣顯而易見的是，他很擔心如果讓我和他的玩具獨處會發生什麼慘劇。「沒關係，」我安慰他，「我保證你不在的時候我什麼也不會碰。」

這「真的」讓他很緊張——他朝店內走的時候，回頭看了火車陳列品最後一眼，好像他確信他離開的那一秒我就會毀了它。

仔細想想，這主意也不錯……

我走向陳列品，腳踢到某個東西。是我剛進門時阿洛在看的雜誌：《火車模型愛好者月刊》之類的。封面照片是一節漂亮的火車頭駛向平交道，而——這倒挺詭異的——有個拿著足球的白鐵男孩人偶被放在鐵軌上，背對著疾駛而來的火車。

那節火車頭側面畫著一隻猴子。不是好奇猴喬治，或是任何友善的卡通猿猴類——這是一隻噩夢裡才會出現的兇猛猴子，有尖銳的獠牙和紅藍相間的口鼻部。「山魈，」斗大的標題嘶吼著，「本日特賣中。」

雜誌封面右下角有個框格，裡頭是另一張比較小的照片，是兩個穿著列車長制服的女人。制服一定是用軟體合成的，但是技巧非常純熟，我幾乎沒察覺那兩個女人就是我和安妮。這張照片的標題寫著：「她們要來找你了——詳見第二十三頁。」

通往店面後側房間的門上了鎖，我一直踹門踹到它打開爲止。裡頭擺著更多層架，不過架上放著的不是火車，而是泰迪熊、早餐穀片盒、自動擠牙膏器……這裡也有一張工作檯，桌上滿是紙張和工具，還有兩個空的足球包裝盒。

阿洛當然已經不見人影。我鑽出側門進入小巷子。他也不在那裡，不過我在近兩個星期前第一次看到的那個瓷娃娃還坐在大垃圾箱裡，仍然伸出手要和人握手。有人在它頭上套了紙袋。

我啓動耳麥：「哈囉？有人嗎？」

「我是楚。」

「阿洛逃了。」我告訴他，希望他已經知道了。

「出了什麼事？」

「簡略的版本是，他的猴子朋友向他示警了……拜託告訴我你們看到他離開了。」

「我們的監視行動出了點問題。」

「啊，該死……」

「我正在調度額外的人力去搜捕他；戴克斯特應該跑不了多遠。他是多久之前——」

「等一下。」

阿洛的工作檯上方的牆壁上釘了一塊軟木塞板，我從小巷往門裡看著它時，注意到板子掛得不太平整。我抓著板子邊緣用力一拉，它就往外滑開。「老天爺。」

「什麼？」

「我找到公事包了。」

「是喔？」

「阿洛一定走得太匆忙，沒辦法把它帶走。」

「也許吧，」楚警覺地說，「可是在妳打開它之前——」

「來不及了。」

短暫的沉默，我在腦中清楚地看見楚抿起嘴巴的模樣。「好吧，」他繼續說，「描述一下內容物，但不要碰它們。」

「了解……這公事包裡頭鋪著泡棉，泡棉上挖了一些凹槽，裝著看起來是數位碼錶的東西。每個碼錶左邊有三個小按鈕，上面有一個大的按鈕——別擔心，我不會按任何鈕的。碼錶外殼上的品牌名稱是——」

「山魈。」

「對。」

「下一個問題非常重要，珍。那些碼錶有任何一個『正在』動嗎？」

「你是指倒數計時嗎？沒有——相信我，如果有的話我第一時間就會講了。不過有壞消息：阿洛或許是把公事包留下了，但是看起來他帶走兩個碼錶，有兩個凹槽是空的。」

「好吧，我會通知其他小組。接下來我要妳觀察一下公事包周遭的環境，妳能不能看出戴克斯特會去哪裡的任何線索？」

「也許……」我把一個足球包裝盒挪開。「這裡有一張舊金山國際機場的地圖。」

「有沒有哪個航廈被圈起來？」

「有啊，每一個……聽著，楚，假設這些碼錶是我想的東西，阿洛有辦法帶著它們通過機場安檢嗎？」

「那不重要。」

「為什麼?」

「他想要炸的是一大群人，不是飛機。機場安檢站的作用只是為他省幾步路而已。」

喔，好吧。「那好吧，我們要趁早攔截他。你是要我徒步追他還是——」

「不，妳守著公事包，等迎合組來把它存放到安全的地方。」

「什麼?等一下，我應該要追捕阿洛，不是——」

「妳的工作已經完成了。」楚說，「看好公事包；另外會有探員去抓戴克斯特。」

「該死，楚……」

他沒在聽。我從耳麥還是聽得到他的聲音，但現在他在和別人說話，命令他們密切注意所有公車站、計程車招呼站、捷運站，甚至是阿洛的奶奶停放汽車的車庫。有了這些措施再加上這一區原本就有的監視網，幾乎可以肯定在幾分鐘內阿洛的行蹤就會曝光，他絕對到不了機場的。我應該開心才對，而且應該慶幸沒出什麼差錯就完成我這部分的工作，但當然我並不這麼想。

我再度把頭伸出通往小巷的門，抱著微小的希望阿洛會折返來讓我親手料理他。沒這種好事。我把門鎖上，帶著公事包回到店面前側等著迎合組來。

阿洛的火車陳列品還在跑。我看著殘餘的乘客車廂穿過城鎮，經過迷你市政廳、百貨公司、糖果店、教會、警察局、學校……

學校。它是用木頭而不是磚頭做的，不過就和位於歐奇德街和梅桑尼克街交叉口那所眞正的小學一樣，有一塊附設的遊戲場：用圍籬圍起的空地，裡頭擠滿小人。

我重新打開耳麥。「楚，別管機場了，我知道他要去哪裡……楚？楚？」

我衝出店門。計程車已經離開了，而當我抬頭望向旅館二樓，安妮也不在窗口。我不斷重撥耳麥，多半只能得到靜電噪聲；但是在一陣陣的白噪音之間，我攔截到其他通訊內容的片段，足以讓我知道我不是唯一遇上通訊問題的人。

學校就在七個街區之外，而阿洛搶先出發的時間已經久到他或許都已經到了。我只能期盼他因為知道我們在找他，會採取比較緩慢而迂迴的路線。

我拔腿狂奔。四個街區後，我彎過街角跑上梅桑尼克街，這時我看到前方有一輛非營業中的計程車在等紅燈。「嘿！」我大喊，開始跑向它。

天地變色。山魈炸彈爆炸時和發射ＮＣ槍一樣，是安靜無聲的：一團明亮的橘黃色寂靜地爆開，光球中央是半透明的計程車形狀。我感覺有東西掠過我的身體——我猜是衝擊波吧，不過感覺更像被插座電擊——接著我便仰躺在地。

我慢慢坐起來。我的手臂散發蒸氣，臉也感覺很燙。我站起身——這又花了我至少一分鐘——走過去察看計程車。

車體本身受到的傷害意外地輕微。車窗和鏡子都碎裂脫落了，但汽車底盤似乎毫髮無損，連一點焦痕都沒有。司機則是另一回事。他看起來好像是自燃的：唯一剩的是一疊冒著煙的衣服。我探頭進去想看個仔細，卻吸進一口可怕的空氣，趕緊縮回頭來不斷反胃。這時我注意到那些路人：計程車前的斑馬線上有三雙鞋子，每雙鞋子搭配一套堆在地上的衣服。

我又作嘔，膝蓋也發軟。沒關係：剛好我需要檢查一下計程車底下。果不其然，在底盤的陰影中，我看到一顆足球爆炸後殘存的碎片。

我重新站起身。我聽到遠處傳來學校鐘聲：下課時間到了。我試著趕過去，但我頂多只能像個醉漢歪歪倒倒地前進。

等我到達歐奇德街，學校的遊戲場已經充滿學童。阿洛・戴克斯特就站在圍籬外，從帆布袋悄悄取出另一顆足球。我掏出槍來試著瞄準他，但我的手臂無法保持平穩。

我需要靠近一點，近到閉著眼睛都射得中的程度。我跨下人行道，又立刻縮回去，一輛車偏移車身才勉強閃過我。阿洛聽到刺耳的喇叭聲，扭回頭來看。我們四目相接。他微笑著伸出舌頭，然後把足球高舉過頭，弓起手臂準備拋擲。

一個裝滿濃湯罐頭的購物袋直直砸在他臉上，他重重摔倒在地，球脫手飛出，它只在地上彈了一次就被衝過來的安妮一把接住。她像跳芭蕾舞般靈巧地用腳尖旋轉半圈，把球傳給同一條街上的另一個計程車司機，他把球丟進腳邊一個打開的人孔。

「小姐，妳沒事吧？」有人在問。只是某個路人；他錯過了對街的好戲，反倒注意到我。「妳最好當心一點，別亂揮那個。」他指著我的NC槍說，「警察可能不會及時察覺那是玩具槍，尤其是最近，別讓憾事發生啊。」

「你說得對，」我說，「多謝提醒。」

我身體晃了晃，他伸手扶住我。「妳確定妳沒事？妳沒嗑什麼藥吧？」

「還沒有，」我告訴他，「但我希望很快就有了。」我笑起來。

這時我望向對街，我的笑容消失了。阿洛已經站起身，正用雙手掐著安妮的喉嚨；她拚命打他頭想讓他鬆手。他們一邊扭打，一邊朝人行道邊緣靠近。

「安妮！」我大叫。我再度舉起槍，但這次更不可能瞄得準了。我只能眼睜睜看著他們邊打邊逼近車流。

這一次，那輛貨運公司小貨車連減速都沒有。阿洛倒下去，被捲進車輪底下，但安妮被撞飛。她沿著對角線飛過路口，重重地砸在停在路邊的一輛汽車車頂。

我趕到她身邊時她意識仍然清醒。她身邊已經圍了一群人，我從他們之間擠過去，並立刻講了一串只要她撐住就不會有事的屁話。她用一個眼神讓我閉嘴。

我很想對你說她走得很安詳，因爲想到可以和兒子團聚而如釋重負。但這不是什麼溫馨大結局。她很痛，也很害怕。也許她只是害怕死亡，但也許——我認爲是這樣沒錯——她怕的是拯救一整個遊戲場的孩子仍然不夠，而她現在要去的地方「沒有」比利，即使她往馬路兩頭察看也找不到。

就在她嚥氣前，她抓著我的手腕說了最後一次「集中注意力」。然後她咕噥了什麼，我一如往常聽不太懂。但我現在和她心意相通了，所以我知道和撞上她的貨車有關。

我抬頭看，人群分開來，我看見了：一輛黑色車身的貨車，在遠處怠速。司機從駕駛室窗戶探出頭來，用雙筒望遠鏡看著安妮垂死的場面。看著我。當他看到我看到他了，便把頭縮回駕駛室。貨車的車尾燈閃了一下，使我注意到畫在車子後門上的山魈。

「嘿！」人群又合攏了；我開始把人推開，兩條手臂上下揮舞。「嘿！攔下那輛貨車！攔下那輛貨車！」

可是沒人聽我的，等我突破人群，已經太遲了——貨車彎過一個街角，於是它像鑽進隧道的火車模型，消失無蹤。

白色的房間 IV

有一塊地磚變成黑色的，她正用腳戳著那塊地磚時，醫生走了進來。

「維修組不得不換掉那塊地磚，」他說明，「有一個受刑人密閉恐懼症發作，想要挖地道逃走。」

「她用什麼挖？椅腳？」

「原子筆。我同事江醫師在訪談到一半時被找出去，他一時疏忽把隨身物品留在桌上。」

「你的同事。所以事發當時你不在場。」

「對，那天我休假。妳懷疑這個故事的眞實性？」

她聳聳肩。「顏色搭配得不錯。」

「如果妳想的話，我可以找維修組的人回來，把地磚再挖起來。」

「別費事了。就算組織在那底下放了什麼東西，你也只會找到一塊普通的地板。」

「不過他們會放什麼東西呢？某種麥克風？」

她搖頭。「間諜工具不會放在地底。」

「意思是這裡某個地方眞的有？」

她瞥向牆上的微笑政治家。「只可眼觀。」她說。

「妳得爲我解密，珍。」

「我向你提過環形監獄組，對吧？」

「『無所不在的間歇性監視部門』？」

「就是它。『只可眼觀』是他們其中一種情蒐方式。它運用一種微型感應裝置，有點像隱形眼鏡，只是更小也更薄——薄到要用特殊儀器才能看到它們。好，理論上這些東西能安裝在任何地方，但實際上，環形監獄組只把它們裝在眼睛上。應該說眼睛的『圖像』上：照片、水彩畫、素描、雕塑……只要看見不是長在眞人腦袋上的眼珠，它都可能在監視你。」

「多大的可能？」

「環形監獄組之外的人沒人能確定。如果你問的話，他們會說：『低於百分之百，不過高於零。』你懂吧？這是個笑話。『無所不在的間歇性監視』表示他們不會無時無刻盯著你，但他們無時無刻都『可能』在盯著你。」

「妳認爲他們現在在看嗎？」

「我認爲機率比較偏向百分之百而非零。」

醫生伸長手想把肖像照拿下來，但它牢牢地固定在牆上。「唔，」他說，「我應該可以找個毛巾或抹布來遮住它。」

「省點力氣吧，我並不眞的在意他們有沒有在看。再說，那也不是這個房間裡唯一一雙眼睛。」她指著別在他實驗袍前襟的識別證。「而且你的皮夾裡有更多有照片的證件對吧？也許還有幾張家人的照片？」

「他們隔著我的皮夾都看得見？」

「不，但他們聽得見。」

「眼觀有耳朵？」

「他們取名時想用隱喻卻用得不好。環形監獄組是由一群駭客，而不是詩人運作的。」

醫生拿出他的皮夾，快速檢視了一下內容物。他一邊瞄著夾層一邊問：「他們也把這種裝置裝在紙鈔上嗎？」

「有喔。他們稱之爲智慧貨幣。他們用它來追蹤現金交易。」

「有意思，」醫生說，「而且令人不安。」

「管用的時候很嚇人哩。不過這是笑話的後半段：眼睛常常失明，會漏看東西——有時候漏看一『拖拉庫』。」

「是誰告訴妳什麼是只可眼觀的？安妮？」

「我們在夢境課程有上到。但我想你可以說，眞正傳授我這方面細節的人是狄克森。」

「狄克森先生在環形監獄組服務嗎？」

「環形監獄組的分支部門，」她說，「你眞的『不』希望被它盯上的一個部門……」

瀆職組

我通過了「驗證」。

這出乎我意料之外；正常人應該都會認爲，害自己的驗證官死於非命，絕對會讓你拿到F才對。但是負責整理安妮個人物品的善後組找到一份寫了一半的進度報告，說我展現出「眞正的潛力」，我猜這句話足以把我頂到D-的分數。

一個月之後，我以受過完整訓練的壞猴子組探員身分接到第一項任務，任務地點在俄羅斯山的一間養老院。重症病房有一名醫生在那些老人家面前扮演上帝。他在他們的點滴裡加了料，使他們心搏停止，然後又呼叫急救代碼把他們救活。有時候同一個病人會被他「救活」兩、三次，身體才終於承受不了這種折騰。

他這種把戲已經搞了夠久，病房裡的護理師都開始起疑心，因此他大概遲早會被抓包，但組織先聽聞他的劣行。環形監獄組做了背景調查，發現他在這家養老院之前已經待過三家養老院。當消息傳到成本效益組耳裡，他們判定事情已令人忍無可忍。

我找到在晚班時段負責掃地的工作。開工第一晚，我就在休息室逮到一個人待在那兒的上帝醫師，讓他嚐嚐他自己愛用的藥物滋味。

壞猴子組的任務到此就完成了，但我決定在養老院繼續工作一段時間。我需要收入。我後來發現安妮的彩券津貼是她的專屬優惠；每次我買刮刮樂都槓龜。

「妳沒有要求鮑伯・楚付妳薪水？」

沒耶。勉強通過驗證以後，我想我並沒有立場提出任何要求。再說，仔細想想也滿有道理的：我應該是為了讓世界更好而做這件事，不是為了錢。而且他們也不是每天都差遣我去殺壞人，我有足夠的空閒時間可以兼差。

所以我在養老院待下來，甚至試著開創私人生活。我與幾個夜班護理師成了朋友，開始在輪班結束後和他們一起去吃早餐。還有個帥帥的醫生叫約翰・泰勒，他是來接替上帝醫師的職位的。我試著和他發展曖昧關係。

「成功了嗎？」

沒有。我刻意製造和他在休息室的相處機會，你知道，用各種方法暗示，但他沒興趣。我倒不是自以為美如天仙啦，不過我覺得他可能是同志。後來有一晚他輪休，我掃地掃到他辦公室門外，發現門沒鎖。我決定偷窺一下，看看能不能證實我的懷疑——或者如果事情還不到絕望地步，我想看看怎樣才能投其所好。

一眼望去什麼也看不出來。他的旋轉式名片架也沒有任何特殊線索。我開始檢查辦公桌抽屜，發現其中一個上了鎖，於是我拿了個迴紋針……抽屜打開後，一看到裡面的東西，我立刻伸手拿起電話。

黎明時分，楚在養老院的屋頂等我。迎合組擺設了椅子和一張自助餐檯，我從樓梯井出來的時候，看到有個男人在茶水區附近閒晃。我原本可能以爲他是服務生的，只不過他看起來更像近視的蓋世太保：金髮小平頭，黑色皮革軍裝雨衣，還有一副超級厚的眼鏡，你知道吧，就是發明塑膠鏡片後就停產了的那種。

「這人就是狄克森？」

是啊，不過我不是馬上知道他的名字。他沒有自我介紹，而我又太急著告訴楚我發現的事，顧不得客套。

「抽屜裡滿滿的都是照片，」我說，「小男孩的照片。倒也不是什麼猥褻的照片；都是從大眾雜誌剪下來的，多半是商品廣告：穿牛仔褲的小男孩、穿泳裝的小男孩、穿內衣的小男孩……我想或許可能有合理的解釋，但照片數量之多讓我很難相信他的動機是清白的。我是說，那是日積月累、數以百計的照片……」

「最近一次統計的數字是五百四十四張，」楚說，「他的檔案櫃放X光片的抽屜後側，還藏了一本教區學校的制服型錄。」

「你已經知道了？」

「只可眼觀。」楚說。

我愣了一下腦筋才轉過來。「你們在兒童內衣廣告上裝監視器？」

「要鎖定戀童癖者，這是合情合理的策略。不過或許沒有我們一開始所期望的那麼符合成本效益。」他瞥向戴著厚片眼鏡的男人，他現在已經坐了下來，正在攪拌他的茶。

「所以我猜對了，泰勒醫師是隻壞猴子。」

「他有這個潛力。」

「什麼意思？」

「意思是就我們目前所知，他從沒動過真正的孩子一根手指頭，甚至沒有試圖這麼做。他只是用想的。」

「所以呢？」

「所以，光是有邪念不足以把某人歸類爲無可救藥者。」

我簡直不敢相信。「你什麼都不做？」

「我們正在評估他。如果獲得批准，我們會安排一次好撒馬利亞人組行動爲他諮商。」

「就這樣？你們『可能』會逼他看心理醫生？」

「其實我指的是道德方面的開導，」楚說，「如果他自己的良知不足以控制住他的衝動，我很懷疑精神治療會有多大用處……珍，妳希望我們怎麼做？因爲某個人蒐集雜誌剪報就把他處死嗎？」

「就算你不打算派我出馬，至少也可以讓別人知道他的劣行。」

「除了破壞一個沒做錯任何事的人的名聲之外，那又有什麼作用？」

「老天，楚，你眞的要我說得那麼白嗎？」

「我確實能體會妳對這件事的感受……」

「你能『體會』——」

「妳的個性喜歡先發制人，」楚說，「當妳看到潛在的威脅，妳就想消滅它。這在獵人身上是很有用處的本能，也是妳現在成爲壞猴子組成員的其中一個原因。不過我想要的有點不一樣。我和妳一樣想要打擊邪惡，但我想用有效率的方式。具體來說，我想確保當組織行動時，是能夠合理預期會得到正面結果的，而不光是爲了有所作爲。所以我才會在成本效益組，所以妳才要聽我的命令。」

我不敢冒險回應這番話，所以我用大拇指比了比厚片眼鏡。「那『他』想要什麼？」

「這位是狄克森先生，他隸屬於瀆職組。」

瀆職組是環形監獄組底下的分支，專門調查探員；它在組織內的功能相當於政風室。

「我做錯什麼了嗎？」

本來盯著茶杯的狄克森抬起頭來。「根據我的經驗，」他說，「妳應該問的不是『我有沒有？』，而是『他們知道多少？』。不過凡事總有第一次。我一直想要遇見一個眞正清白的人；也許就是妳喔。」他從雨衣袖子的隱藏口袋裡抽出一張名片。「這是我的辦公室目前所在的位置。今天晚上八點鐘過來，我們聊一聊。」

「呃，我在這裡的班表從九點半開始，時間來得及嗎？」

「八點鐘。」狄克森重複。他站起身。「別遲到了。」

我等到他走了，才轉頭問楚：「這到底是怎麼回事？」

「我不知道。昨天晚上，就在妳打給我之後，狄克森也打來，說他想與妳見面。我想和妳的背景調查有關吧。」

「我不是通過驗證了嗎？瀆職組爲什麼還要對我做背景調查？」

「他們隨時都在做這件事。」

「而你完全不知道他們可能查到什麼了？」

「狄克森沒說。」

「欸，我有沒有什麼辦法可以在去見他之前先打聽一下？」

「試著捫心自問吧。」楚建議。

「捫心自問什麼？」

「妳有沒有做過任何邪惡的事。」

□

名片上的地址是教會區的一間電子遊樂場，我很訝異地看到它有在營業。我站在入口附近望著人群——他們大部分年紀都太輕了，應該只是平民百姓——懷疑我有沒有找錯地方，直到有個穿著找零圍裙的男人走過來輕點我的肩膀。他指著牆上的告示，上面寫著：「入內之前請先交出所有玩具武器。」

我看著他。他拉了拉耳垂，他戴著花體字耳環，圖案是金色的ＯＭＦ。我把我的ＮＣ槍交給他。他把槍收進圍裙口袋，然後拿出一個黃色橡皮筋套在我手腕上。手環很緊，內側好像鑲著某種金屬，我的皮膚立刻感覺麻麻癢癢的。我還在適應這種感覺時，那男人把一罐超冰的可樂塞進我另一隻手。他指著另一個告示牌：「交出武器可獲得免費汽水。」然後他朝著電子遊樂場後側點點頭，說：「他在等妳。」

我往後側走。我的手快被可樂罐凍傷了，所以爲了讓它快點變溫，我打開易開罐喝了一大口。感覺像喝下液態氮；我整個嘴巴都麻了，而且當可樂流到喉頭時，我像吃冰淇淋吃太快一樣感到突如其來的頭痛，眼淚都冒了出來。

電子遊樂場似乎延伸好幾公里長。每次我走完一排遊戲機，又會有下一排等著我，隨著我愈往深處走，事情也變得有點古怪。握著遊戲搖桿的少年仔變成了地精，長著金髮、戴著厚片眼鏡、身穿皮革軍用雨衣的地精。機台也變了，《ＶＲ快打３》和《勁爆熱舞》轉換成偏向「七宗罪」主題的遊戲。而且螢幕上的圖像……這麼說吧，關心家長協會看了一定會搖頭。

最後我終於來到一扇寫著「員工面談室」的門前。我又喝了口可樂，敲敲門，走進去。

狄克森的辦公室只有一盞固定在上方的照明裝置，像是嵌在天花板上的探照燈——那顆燈泡好像有一千瓦之類的，如果它是對著門口而不是對著正下方，我一進門就瞎了。在錐狀的光束底下擺著一張折疊式長桌，桌子左半邊堆著許多紙，多半是老式電腦列印用的折疊式報表紙。右半邊騰出位置給一台漂亮的筆電，螢幕閃爍著瀑布般流動的綠色數字。

狄克森背對門站著，翻著一疊列印紙，假裝沒聽到我走進來。我把這視爲標準審問技巧：他要我先開口，用來確立他才是掌控局面的人。我沒順他的意，只是又喝了一口可樂，喝得很吵。最後那一聲響嗝似乎引起了他的注意。

「已經八點零九分了，」他說，「我叫妳八點到。」

「喔，對啦，但你沒說從街上走進來這麼遠。對了，這棟建築到底有多長？」

他轉過身。他的眼鏡上裝了某種裝置：右側鏡片頂端伸出一根小小的支架，夾著一塊一公分寬的方形透明塑膠片懸在鏡片前方。那塊塑膠片與桌上的筆電彷彿一唱一和地閃著綠色。這完全是高科技產品，但看起來也有點迷幻。

「妳知道妳爲什麼在這裡嗎？」狄克森問。

另一種審問技巧：要我猜我做錯什麼，那麼也許我會自己招認他不知道的事。我聳聳肩裝傻。「楚認爲可能和我的背景調查有關係。所以呢，你們找到我欠繳的停車費繳費單嗎？」

「Der schlechte Affe hasst seinen eigenen Geruch.」

「你說什麼？」

「這是我們瀆職組常說的一句話。不像『Omnes mundum facimus』那麼簡潔有力，不過很適合我們。」

「別吊我胃口了，這句話是什麼意思？」

「它是對人性的一種觀察，」狄克森說，「我們在做背景調查時會遇到的其中一項難題，就是我們的資訊蒐集設備太強大了，讓我們被海量資料給淹沒。當然，我們能用科技協助分類整理，但即使機器也有它的極限，而用暴力演算法搜尋某人的一生——尤其是並不順遂的一生——要吃掉很多計算週期。所以我們設法找到線索來幫我們縮小搜索範圍……粗略地翻譯，Der schlechte Affe hasst seinen eigenen Geruch的意思是人最在意的道德缺陷是能反映出他們自身缺陷的。發表反對通姦罪的感人演說的部長：你會發現他半夜偷偷溜出妓院。竭力反對非法賭博的地區檢察官：要找他就去賽馬場，他會把畢生積蓄都押在第五跑道的藍鼻子身上。」

「如果你想表達人類是種虛僞的動物，這並不是什麼新發現。這和我又有什麼關係？」

「誰叫妳去搜約翰・泰勒的抽屜的？」

「沒有人。」

「妳只是憑直覺知道那裡有東西？」

「不是，我只是想探人隱私，這是我的老毛病。」

「妳還搜了幾間別的辦公室？」

「呃……一間都沒有。」

「和妳一起吃早餐的那些護理師呢？妳有沒有搜他們的包包？」

「沒有。」

「他們的置物櫃呢？」

「沒有，可是——」

「所以妳也沒『那麼』愛探人隱私嘛。爲什麼獨獨挑中泰勒醫師？」

「我對他有好感，行了嗎？」

「噢，所以妳在跟蹤他？」

「沒有！我只是查查他……我是說，我不知道，也許我確實對他有某種感覺。」

「感覺。」

「是啊，就像你說的，一種直覺。直覺有什麼地方不對勁。」

「但那些護理師又怎麼說？」

「他們怎麼了？」

「其中兩人是偷止痛藥的慣犯——少給她們的病人藥——然後把藥拿給男友去賣。奇怪的是妳對這件事倒沒什麼感覺。也許如果她們偷藥是爲了『個人使用』，妳的直覺就會有所感應了……」

「聽著，你到底想暗示什麼？你認為我鎖定泰勒是因為我和他『很像』？」

「妳和他很像嗎？」

「嘿，如果你擔心我有自己的雜誌剪報蒐藏品，歡迎來搜我的公寓。」

「我們已經搜過了。」

「是喔……那你就知道你那個阿里不達的理論根本站不住腳。」

「通常是相關的罪過，而不是完全相同的犯行。」狄克森說，「為了做到滴水不漏，我查了妳的閱讀紀錄，看看有沒有顯露出任何不恰當的性喜好。」他舉起我進門時他正在看的那一疊列印紙。「這方面的搜查得到比較多收穫。告訴我，妳還記得妳十二歲時曾經從舊金山公共圖書館偷走一本書嗎？」

這個問題太跳tone了，我幾乎笑出來，但有趣的是，我完全知道他在說什麼。當他說「妳還記得」時，我的大腦好像被某種回溯光束給掃過似的。

「他在說什麼？什麼書？」

阿娜伊絲・寧的《激情維納斯》。小月的媽媽有一本，我去她家過夜時，常和小月輪流唸給對方聽。後來我決定自己也要有一本，而從圖書館偷比從書店偷來得容易。

「你怎麼知道的？」

「圖書館裝訂。」狄克森說。

我以爲他指的是防盜磁條：「可是我沒帶它走大門。」

「是沒有，妳從二樓的女廁窗戶把它丟出去。那間圖書館分館因此失去很多書。」

「好吧，我承認偷書。不過有這麼嚴重嗎？我是說，《激情維納斯》是情色作品沒錯，但是是文學性的情色作品。」

「不過這類文學挺有討論空間的，不是嗎？」狄克森說，「譬如說書中的第三個故事——標題是〈寄宿學校〉——講的是男子修道院的一名年輕學生受到教士們青睞，還被同學性侵……這是妳所謂『健康』的情色娛樂？」

「我不記得『那個』故事。」

「是嗎？我還以爲它是妳的最愛呢。根據我的紀錄，那本書在妳手上的期間，妳一共讀了那個故事十九遍。」

「根據你的『紀錄』？」

「圖書館裝訂。」他把列印紙遞給我。「這裡還有其他我想聽聽妳的說法的項目。」

我開始翻閱。這太瘋狂了：這是一本目錄，收錄了我的目光曾逗留的每一份色情作品。而且不光是只有書名喔——我特別關注的場景甚至是段落都一一標記出來。而且你知道，他暗示的結論根本是狗屁，可是把所有資料湊在一起列成這麼龐大的清單，我能理解疑心病過重的人可能會產生錯誤的聯想。

「清單上還有什麼？」

唔，薩德侯爵，這是當然的。各式各樣的維多利亞時代紳士——我在大學時代一定把葛羅夫出版社的館藏都讀遍了，我是說，誰不是呢？亨利・米勒、威廉・布洛斯、安・萊絲。

你知道嗎，一開始我頗為羞愧。可是愈往下看——這清單很「長」——我開始看到一些比較難讓人難為情的東西，嚴格說來那些書和故事根本不算情色文學，即使內容涉及性愛。接近清單末端時，製作清單的人似乎眞的無所不用其極——我記得甚至還有兩本莎士比亞劇本。在最後一頁，我看到最詭異的一項……

「《聖經》？」

「一九七七年十一月十三日，」狄克森說，「妳少數去教會的日子。只可眼觀逮到妳的目光在〈創世紀〉的其中一段逗留——即羅得把他的兩個處女女兒交給所多瑪與蛾摩拉的暴民處置。」

「嗯哼……而因為我在這一段《聖經》經文上『逗留』，你就認為我可能想把眞正的處女當作祭品送給邪惡的暴徒？」

「如果妳在它上頭逗留了『十九遍』，我絕對有理由產生一些想法。只有一次的話，我們也許還能當作情色方面的興趣而不追究……不過我確實覺得妳邊讀邊笑頗為耐人尋味。」

「是喔。」我把列印紙塞回他手裡。「我懂了。」

「妳懂了？」

「是啊，你可以叫楚省省吧。」

「啊……妳認爲是楚先生叫我整整妳。」

「我質疑他對泰勒的決定，不是嗎？但這根本就不是同一碼事……」

「妳現在至少受到兩個錯誤印象影響，」狄克森說，「第一是以爲我在乎妳對楚先生的決策有什麼想法。相信我，我這輩子都不會把安撫低層探員的心情當作我的責任。」

「另一個錯誤印象呢？」

「以爲我對泰勒醫師的想法和妳相左。如果由我來決定，組織處理他——以及所有和他一樣的人——的方式會更激進一點。不幸的是，我和妳一樣必須聽命於成本效益組。就算我能決定，我首選的解決方法也不可行。」

「爲什麼？因爲每個人都有病態的幻想嗎？」

「不是，這只是有病態幻想的人安慰自己的說法，好像自己是正常人。但你們這種人的數量確實多到要徹底掃蕩在後勤作業上顯得不切實際……」他等了一下才補充道：「不過把病態幻想付諸『實行』的人——數量就比較可以應付了。」

就這句話，我終於搞懂了，這一切究竟在幹什麼：他知道那些寵物男孩的事。

「我知道那些寵物男孩的事。」狄克森說。

「寵物男孩？」

是啊，好，我要怎麼解釋呢……你還記得我說過我二十幾歲時，有一段時間找樂子找過了頭？就是指這段時間。

那是我被踢出柏克萊之後隔兩年的夏天。週間我在田德隆區一間蟑滿爲患的漢堡店工作。週五和週六晚上我有另一份工作，在連接金門公園的鍋柄公園對面的酒類專賣店打工。鍋柄公園有很多蹺家少年，每天晚上都有好幾個小鬼頭來店裡想買酒。

法定飲酒年齡是二十一歲，在任何司法管轄區這都很荒謬，但在加州尤其顯得愚蠢，因爲我們也有死刑，而你知道有可能被判死刑的最低年齡是幾歲嗎？十八歲。想想看，你已經大到可以被注射致命毒液，卻還得等三年才能買一瓶啤酒。聽起來合邏輯嗎？

「聽起來像違反賣酒法規的創意狡辯詞。我猜妳還是把酒賣給這些蹺家少年了？」

這個嘛，也不是「全部」人。我運用判斷力。如果那小鬼表現得像個成人，不像是會喝得醉醺醺的、跑去跳到有軌電車前面那種人——還有如果他的假證件不是「太」離譜——那麼沒錯，我會選擇相信他，對那些疑慮睜一隻眼閉一隻眼。

「妳說的『給』是免費禮物，還是有價錢的？」

你是問我有沒有收賄？

「我是這個意思沒錯。」

我可能有個小費罐啦……嘿，我很窮耶，再說，這也是成熟度測驗的一部分：如果連玩遊戲要付入場費的道理都不懂，也許並沒有成熟到可以喝酒……你知道嗎，如果你要用那種眼神看我，我不如現在就停止好了，因爲我還沒講到壞的部分呢。

「抱歉，請繼續。」

嗯，好吧，所以有一天晚上店裡來了個小夥子，一百八十公分，又高又壯，但長了張娃娃臉，我立刻斷定他年齡還不到：也許大到可以挨毒針了，但還不能買酒。我看著他在店裡繞來繞去，確保他沒偷東西，而且也是因爲，你知道，看著他並不是一種酷刑。最後他拿起一公升裝的蘇托力伏特加，走到櫃檯來。

「證件？」我說，等著他出招。你知道，他們很多都有一套固定說詞：「我拍證件照那天生病了，所以看起來和我不像。」但這個小鬼什麼也沒說，只是遞給我一張駕照，上面的名字是邁爾士・戴維斯。我看看照片，是個拿著小喇叭的黑人。

「邁爾士・戴維斯，那個爵士樂手。」

是啊。所以我望著那小鬼，他的嘴唇也許有那麼「一抹」笑意，但除此之外他的表情正經八百。我說：「邁爾士‧戴維斯是吧？」他只是用酷得不能再酷的眼神回看我，像在說：對啊，那就是我。所以我說：「你今晚看起來好蒼白啊，邁爾士。」他說：「我得了皮膚病。」

唔，在我看來這答案夠好了。如果能想出這種台詞，還能一板一眼地講出來，一點酒是你應得的。所以我走過去準備搖一搖小費罐，但他已經在那裡了，塞了一塊錢進去。「你最棒了，邁爾士。」我邊說邊替他結帳。

快轉兩小時：我把店面打烊上鎖後，走到鍋柄公園裡去弄大麻，發現邁爾士坐在一座雕像下抽大麻。我走過去找他：「可以分我一點嗎？」他讓我抽了一口，並騰出位置讓我坐。

「我說邁爾士啊，」我說，拿起蘇托力伏特加的酒瓶喝了一口，「你住在這附近嗎？」

「其實，」他還是一副無所謂的酷樣，「我在找地方住。妳呢？」

「我在考慮當房東。」這話說出來比我預期中遜，不過也沒關係——我們已經混熟了，所以我並不需要很「棒」的台詞。

我把他帶回家。隔天早晨醒來時，發現只剩我躺在日式床墊上，這倒不是太令人驚訝的事，可是接著我聞到煙味，我心想，該死，他出去的時候順便放火燒房子嗎？

不過我還沒來得及跳下床，邁爾士走進來，像端著托盤一樣端著我的砧板，砧板上擺滿好料：歐姆蕾蛋捲、肉桂吐司、咖啡、果汁，甚至還有一小串葡萄。我說：「怎麼回事？」他說：「全套服務。」他讓我靠著一堆枕頭坐起來，活像示巴女王【編註】，然後把砧板放在我腿上。

我簡直是受寵若驚。從來沒有任何人做早餐讓我在床上享用過，老實說，到了那個時候，就算食物吃起來像屎我都不會在乎。但是當我吃下一口煎蛋卷，發現眞的很美味。

所以我大快朵頤，而邁爾士走到五斗櫃前，打開我存放毒品的盒子。我看著他給自己捲了根大麻菸，陽光透進窗戶灑在他身上，我突然間發現，在白日的天光下，他看起來比我以爲的還要稚氣。所以我放下叉子，說：「邁爾士，你到底幾歲啊？十九？」他什麼也沒說，甚至不看我，只是繼續捲他的菸，但他微笑的方式告訴我答案是否定的。所以我說：「十八？」還是錯。我想：天啊……「十七？」還是錯。「十『六』？」他的笑容終於出現一點變化。「好極了，」我說，「警察會愛死這個的。」邁爾士再度把手伸進毒品盒，拎出一大袋我蒐集的藥丸，說：「看得出來妳眞的很怕警察。」

「所以現在妳知道他只有十六歲了，妳怎麼辦？」

你想怎麼辦？我留著他。

「留著他？」

廢話，有床上早餐可吃，我當然要留著他。給了他一副鑰匙，對他說想待多久就待多久。我們談好條件：他負責打掃，我在家時要弄東西給我吃，還有，你知道的……

「這種合作關係維持了多久？」

兩、三個星期。有一天早晨他眞的走了，還帶走我的音響和半數大麻。我應該大發雷霆才對，但我沒辦法太生氣；這是他掙得的，而且換作是我，大概也會做出一樣的事。

「他走了之後，還有其他人？」

是啊，可是我不希望你覺得我是個水性楊花的女人。我確實等了一段時間，看看他會不會回來。但最後是有其他人。那年整個夏天和秋天，這事對我來說成了一種常態。到處撿蹺家少年。

「他們都未成年嗎？」

他們都夠大了。至於確切的年齡，自從邁爾士之後，我連問都不問。

編註：示巴女王（Queen of Sheba），是《舊約聖經》中，統治非洲東部示巴王國（示巴約在今衣索比亞的位置）的女王。

「但妳稱他們為寵物男孩。」

這名稱不是我發明的，是菲爾。有一天早晨他不請自來，我還來不及打發他走，我最新的客人就光著上半身穿過廚房。所以菲爾說：「貓還不夠？妳現在還養寵物『男孩』？」

「他並不認同。」

是啊，嗯，想也知道。菲爾一向有點古板……聽著，我不是想狡辯，好嗎？我知道這是錯的，但你要了解，此一時彼一時。那時候和現在不一樣，現在你打開電視隨時都會看到高中老師被銬上手銬拖走。一九九〇年的舊金山，在公園裡勾搭青少年不是什麼罪大惡極的事，只是有點……見不得光。

但是當然，心安理得抱持這種觀念是一回事，要說服警察或法官接受又是另一回事，更別說面對一個整天都在把罪惡編入目錄的四眼怪胎了。所以當狄克森說：「我知道那些寵物男孩的事。」我的第一個念頭是：珍，妳有得解釋了。

我還是太天眞了。我還是沒有眞正理解只可眼觀到底有多麼厲害，多麼無孔不入。我以爲狄克森是「聽說」寵物男孩的事，例如他的手下找到我舊公寓的鄰居打聽之類的。我沒料到會有「影片」。

但這時候有人調暗頭頂的強光，突然間這間小密室成了劇場。你知道時代廣場那個超大螢幕吧，有十二公尺寬那個？想像一下那玩意兒在這個你覺得大概只有四點五公尺寬、六公尺長的房間牆上冒出來。

牆面亮了起來，開始塡滿一排排寵物男孩的照片。一個都不漏，甚至包括我不把他們算在官方數字裡的那些一夜情對象。這些照片簡直就是眞實尺寸，至少「感覺上」是，每一張照片都有標題：邁爾士．戴維斯．孟羅，十六歲——十六二字是閃爍的紅字——喬丹．葛雷罕，十七歲；維克多．陶德，十七歲；尼可拉斯．馬提內斯古，十六歲，等等等。

「有多少個『等』？」

咱們只要知道那面牆很大片就好了，行嗎？它花了很長時間才塡滿，在這過程中我就吸著可樂，而我的手環顯然是某種謊言探測器，瘋狂地刺激我的手，我知道不管接下來我說什麼，都會受到嚴格批判。所以我絞盡腦汁，用力思考，最後一張照片出現時我還在想，最後我終於張開嘴說出錯誤的話：

「我惹上多大的麻煩？」

「唔，咱們瞧瞧。」狄克森說。頭頂的燈又亮起來，他拿著一本紅色大書，封面寫著「加州刑法」。「與十六或十七歲的未成年人進行非法性行爲，屬於輕罪，每項罪行判刑三個月至一年，共計一百八十九項罪行……提供十六或十七歲的未成年人酒精飲料，以達成不道德的目的，屬於輕罪，每項罪行判刑三個月至一年，共計一百三十一項罪行……提供十六或十七歲的未成年人非法致幻毒品，以達成不道德的目的，屬於重罪……」

我開始心算，突然又想說，等一下，他知道我做過幾次？所以我又看了一眼牆上的照片，發現所有照片的構圖都一樣，寵物男孩坐在我的日式床墊末端，畫面的角度像是拿相機的人站在日式床墊的床頭上面，而有人站在那裡我應該會察覺才對。這時我突然又靈光一閃，想起我與邁爾士共度的第一晚，我把剛捲好的大痲菸拿給他，然後抬頭望向床頭上方的牆壁，共謀般地擠擠眼睛，對象是——

「我的瑪琳・黛德麗海報。」

「只可眼觀。」狄克森說。

我慘了，我眞的慘了。我從在柏克萊念大一時就有那張瑪琳・黛德麗海報了，我睡過的每一張床的牆上都掛著它，而如果瑪琳是環形監獄組的緝毒員——

「我慘了。」可樂罐已經空了，我的頭感覺變成三倍大，而且完全和我的身體分家。我對狄克森說：「那警察什麼時候來？」

「警察爲什麼要來？」

「因爲……我是罪犯。」

「對，妳是。」狄克森說，「如果我是執法人員，我會很樂意看到妳被關進大牢。可是我是替組織工作，而組織打擊的不是犯罪，而是邪惡。」

「你是說……這事並不邪惡？」

「這事很魯莽，而且自私得令人作嘔。妳的年紀絕對大到能判斷是非了。但是看起來妳的作爲沒有惡意，而在客觀評斷這種事的可能範圍內，這些年輕人多半沒有因爲和妳的關係而受到傷害。」

我沒有漏聽他使用的修飾語。「多半？」

「何不由『妳』來告訴我我指的是什麼？」

我用不著猜。我轉回身面向照片牆，看著右下角的照片，那是我最後一個寵物男孩：歐文・法利。

「十九歲。」狄克森唸道，「對妳來說老了一點，不是嗎？」

「不，」我說，「就我的標準來看，他是最年輕的。他就像……」我遲疑著，意識到即將自掘墳墓，但其實我別無選擇，所以我說下去，「……他就像阿娜伊絲・寧筆下的男孩。純潔。或者不該說純潔。纖細。脆弱。」

「現在我們有點進展了。告訴我事情的經過。」

「你已經知道事情的經過了。」

「我想聽妳說。」

唔，我「眞的」不想說，但狄克森一直瞪我，而且手環的刺激感開始讓我覺得痛了，所以我終於妥協，開始講故事：

等到秋天過一半時，我對寵物男孩的遊戲有點膩了。我猜是新鮮感沒了吧。你知道，青少年其實不是很有趣的伴。我是說就連邁爾士也是，他的腦袋算有料的，但也不怎麼好聊。

所以我開始覺得無聊了。而且還有別的狀況。我在酒類專賣店的老闆終於發現我用小費罐的計謀來拿他的營業執照開玩笑；他不光是炒我魷魚，還扣我最後一次薪水不給我，說如果我敢鬧事，他就告發我。所以我的房租就付不出來啦，而且我嗑藥嗑得有點兇，讓我的手頭更緊，我早上根本沒有動力起床，這使得我另一份工作也開始出問題……

所以一切就像滾雪球一樣，對吧？然後某一天，我突然接到卡洛塔・迪亞茲的電話，說她剛在博德加灣買了房子，問我要不要去找她玩？我就想，太好啦，我要離開這座城市一陣子，停止嗑藥，讓腦袋清醒一下，一切重新開始。所以我和卡洛塔說好，約了個日期。

離出發日沒剩幾天的時候，我在漢堡店值完最後一次班回家，在路上見到了他。

他是個街頭傳教士。我始終不知道他是打哪兒來的，不過想必是鄉下某個教會小鎭，孩子都是在溫室裡養大的。我不知道他爲什麼來舊金山，但他一定剛走下客運不超過五分鐘。

他站在田德隆區心臟地帶的人行道上，對著一群變裝癖妓女聲明耶穌的存在。那群妓女正樂在其中地調戲他，但他對那些淫聲浪語不爲所動——你知道，不是因爲臉皮厚，只是不懂。他稱那群妓女「女士們」，而且從他的語氣聽得出來，他既不是在嘲諷，也不是爲了政治正確。他根本搞不清楚變裝是什麼；他以爲那些眞的是女人。

所以我就停下來看這場鬧劇。我發現這小鬼有多嫩、多狀況外時，心裡浮現一種想法：如果我想的話，我可以把他帶回家，讓他大開眼界。

不管你信不信，這對我來說是種背離。我是說，其他寵物男孩都是樂子，還有免費家事服務。這是我第一次有意考慮要擾亂青少年的腦子，想留下「印記」……一部分的我知道這是壞主意，知道這是跨越我不想跨越的線。正常情況下我不會這麼做的，但我再過不到一星期就要去找卡洛塔，這稍微改變了我的行爲模式。有點類似，如果你頭腦清楚的話，你通常不會碰海洛英。但假如這是你要放棄「所有」毒品的前一晚，有人弄好一排藥粉給你吸……

所以我眞的盤算起要引誘這個小傳教士。儘管如此，要不是因爲接下來發生的事，我可能還是不會眞的付諸行動；總之當我站在那裡，那小鬼突然注意到我，說：「女士，我能不能和妳分享好消息？」而我當時心中的邪念一定明擺在臉上，因爲其中一個妓女喊道：「親愛的，我覺得她要給『你』好消息呢！」

我只是露出微笑，跨越了那條線：「我很樂意聽你的好消息，但你要跟我走。」

「女士，跟妳走？」他說，「去哪裡？」

「我的公寓。我得歇歇腳。你餓了嗎？」

就這麼簡單。他跟在我身邊，我們開始朝家的方向走。

好，說到這裡，還有另一件怪事：我正在對狄克森說這件事，對吧？從頭到尾他都躲在那副眼鏡後頭死盯著我，但儘管如此，儘管我知道故事的結局，我還是開始沉浸在故事裡。我是說，我記得那天的感覺，我們蹦蹦跳跳地沿著街走，那小子在我身邊哇啦哇啦地講基督之愛，而我的心情就像帶著小羊回到巢穴的母獅……

後來我講到我們回到公寓，上帝垂憐，我眞的招待那孩子吃餅乾配牛奶，然後我鑽進臥室「換一件舒服點的衣服」。這時候超大螢幕又活了過來，突然間我看著那天在我廚房究竟發生什麼事的影片。

這是雙鏡頭，有一個特寫鏡頭和一個廣角鏡頭。特寫鏡頭一定是他們在餅乾盒的小精靈上頭裝了只可眼觀，而廣角鏡頭嘛，我猜是裝在水槽上方的桂格大燕麥片罐上。影片開始拍的時候，我正好從臥室走出來，穿著一件若隱若現的和服。我說過了，我知道我不是美如天仙，但如果你要上演姊弟戀戲碼，你不必艷光四射，只要……你知道，還能看就行了。可是在螢幕上的我看起來真的很糟，糟得嚇人……我嗑的那些藥大概讓我比我意識到的要憔悴許多。我的眼睛底下有黑眼袋，皮膚充滿斑點，頭髮像在上怪胎秀，而且，你知道，我並「沒有」鬍鬚困擾，但我發誓我的上嘴唇上方感覺黑黑的。基本上，我像隻母夜叉。

那小子坐在那兒，嘴裡塞滿餅乾，一臉驚恐，而且不是好的那種……

「驚恐還有好的嗎？」

唔，你知道，有一種「處子」焦慮，就是面臨出乎預料的第一次時你會有的感受，好像突然間那一刻已經近在眼前……但這不是那種。正如同我對狄克森說的，這小子並不純潔。從特寫鏡頭就能看出來，他臉上的恐懼意思不是：我的天啊，我要被睡了，或甚至不是：我的天啊，這是什麼狀況？而是：我的天啊，別又來了……

「像是他被人引誘過？」

像是他「壞」掉了。像是我要擾亂他的腦袋已經晚了一步，因爲有人捷足先登，而我只是重新喚起他的噩夢。只不過我看不出來，因爲我是隻被大麻搞茫了的母夜叉。

你可以想像，看著這段畫面重播簡直是種酷刑。看到我對這小子的心情完全視而不見，還有我嘴裡吐出的那些「穢語」……感謝上帝，當我終於牽起他的手把他帶向臥室時，螢幕暗了下來。

但事情還沒結束。「接下來發生什麼事？」

「現在就殺了我吧。」我求他。

「如果妳想的話，我們也可以用看的……」

如果你想知道，確實有比死更可怕的命運。

所以我把那小子帶進臥室，開始脫他的衣服，而即使在那個時候，我已經察覺不太對勁。他太被動了——不是緊張產生的被動，比較像是整個人都僵住了。等我脫掉他的褲子，把他弄到日式床墊上時，他突然不再被動，突然間害怕的人是「我」，因爲這小子或許年紀比我小，但他塊頭比我大，他忽然就壓在我身上，他的臉離我只有兩公分，眼神充滿狂熱，現在主導的人是他，而且並不愉快，我開始覺得痛……

然後……啊，該死，眞糟糕……

「什麼？」

他叫我「姊妹」。

「妳指的是修女還是……？」

啥，你覺得這兩個的糟糕程度有差嗎？我不知道，不過那時候我已經快抓狂了。我開始打他——也許我有先叫他停下來，不過我大概是直接就揍下去了。我用拳頭打他的臉四、五下，他終於翻身脫離我的身體，我坐起來，他就躺在那裡發抖、哭泣。

我心想，我處理不了這個，實在沒辦法，所以我躲進浴室把門鎖上，等他離開。過了一下子，我聽到砰的一聲，我心想：感謝上帝，是前門的聲音，不過其實聲音並不像。總之我又等了十分鐘，然後把馬桶吸把當作球棒一樣舉著走出來。

我在公寓裡巡視。廚房：沒人，很好。客廳：沒人，很好。臥室：沒人？日式床墊上沒人，但床墊另一側的地上，被單堆疊著，然後我看到被單底下伸出一隻腳。「噢，該死。」

我出於直覺跑去察看五斗櫃。我存放毒品的盒子開著，五斗櫃頂端撒了一片大麻，裝藥丸的小袋子則整個空了。「噢，該死。」

我衝過去把他從被單和毛毯底下挖出來。他面朝下趴著，已經失去意識，而且他至少嘔吐了一次，不過感謝上帝他沒有噎著——他在呼吸，他還有脈搏。我拍打他的臉想把他弄醒，同時在腦中回想那個小袋子裡都裝了什麼藥：多半是興奮劑和鎮靜劑——希望這兩者可以互相抵消——但是也有幾顆迷幻藥，那是我留給我待在城裡的最後一天用的。全部混在一起吞下肚可不是什麼健康食品。

那小子的臉頰都被我拍紅了，卻還是昏迷不醒。他的呼吸變得不太穩定，我意識到我必須叫救護車了。我猶豫著，試著想出別的方法。

「想了多久？」

頂多三、四分鐘——我發誓——但這小子，在這段時間裡沒有長出新的腦細胞，你懂我的意思吧？至少我沒有試著把他拖去淋浴——根據我的經驗這麼做沒有用——不過還是……總之，最後我還是打了九一一。調度員開口了：「妳有什麼緊急狀況？」而我說：「不小心服藥過量……」她繼續進行標準問答——「哪種藥？」「他意識清醒嗎？」「妳有沒有檢查他的呼吸道？」——接著她問到我的所在地點。那個年代還沒有來電顯示，你知道吧？我正準備告訴她，卻又看了一眼我的五斗櫃，看著撒得到處都是的大麻。

調度員說：「小姐？妳還在嗎？」我說：「我還在。」然後報給她馬路對面的大樓地址。她說：「那是公寓嗎？」我說：「嗯，應該吧。」她說：「『應該』？」我說：「我的意思是就是——反正趕快過來就對了，好嗎？」她現在語氣有點懷疑：「妳那一戶是幾號？」我告訴她：「沒關係，告訴急救人員我會在人行道上等他們。」我搶在她能反對之前掛掉電話。

醫院就在六個街區之外，所以我的時間非常緊迫。不幸中的小幸是這小子在嗑藥之前先把衣服穿上了，所以我心想：至少別人不會一眼就看出來我們在搞什麼名堂。我忘了「我自己」衣衫不整……我用毛毯包住他，用它來拖他移動——我是不可能揹得動他的——走出臥室途中，我撞到五斗櫃。一堆雜物掉到地上，包括一顆他漏掉的安定。我一口把它吃掉，心想我絕對需要它。

我把他拖出大門，再拖下三層樓梯。我一定狠狠撞傷了他的腿和尾椎，但我也沒辦法——我忙著注意不要撞到他的頭，而且每到一層樓梯平台我都得停下來，確認他沒把舌頭吞下去。到了從樓梯底部數上來第一層平台時，我聽到咔嗒一聲，有一戶公寓的門打開了，那個每次都惡狠狠看我的烏克蘭老太太走出來看看什麼聲音這麼吵。而我到了這時候已經失去理智了，我只是對她微笑，說了些類似「過敏發作……醫生快到了……沒什麼好擔心的！」的話。她用雙手做了個像是「驅離」的手勢，又把門關上了。

所以我把那小子弄到大廳——到了這時候我的背已經快「炸裂」了——當然，救護車已經在外面了，急救人員正在和馬路對面那棟樓的管理員說話。我把那小子拖到門口的階梯處，開始大喊：「嘿，在這裡！」所有人都轉頭看，這時候我感到一陣風吹過，才意識到我身上仍然只穿著和服，而且前襟還是敞開的，我心想：噢，真是好極了。

急救人員跑過來，把毛毯從那小子身上掀開，開始檢查他的狀況，然後我們又開始一問一答：「他吃了什麼藥？他吃了什麼藥？」其中一個急救人員一心只想救那小子，幾乎沒有看我一眼，深得我心。不過另外一人年紀比較大，一臉鬍碴，他看了我，而且氣急敗壞。他說：「妳爲什麼報錯的地址給調度員？妳嗨到連自己住哪都記不得了，還是只是怕事？」我說：「我不住這裡。」他說：「最好是。」

這時候另外那個急救人員——他剛才用聽診器在聽那小子的心跳——說：「我們該走了，馬上。」所以他們把那小子放上擔架，我知道我應該閉上嘴，當個隱形人，可是他們把他送上救護車後頭時，我忍不住說：「他不會有事吧？」那個生氣的急救人員又看著我，說：「妳要和我們一起去醫院嗎？還是妳想躲起來？」我把和服前襟合攏用手捏著，說：「我得去換件衣服……」他說：「最好是。」

他們上了救護車，車子開走的時候，我看到生氣的急救人員在用無線電和某人說話，我心想，就算那個烏克蘭老太太還沒叫警察……

我跑回樓上換衣服。我找了個塑膠袋，盡可能把大麻都掃進袋子裡，然後連同我的毒品盒一起藏在衣櫥的後頭。然後我離開公寓——我好像聽到外頭有警笛聲，所以我走防火門——一直不敢回去。

我打給卡洛塔，問她我能不能提早幾天去找她。她說沒問題，所以我租了輛車，找來幾個紙箱，還有一點安定，在午夜過後回到公寓收拾行李。我只拿了最重要的東西——我得把家具留下，不過那也沒差，反正大部分都不是花錢買的。

我在收東西的時候，菲爾出現了。

「三更半夜？」

是啊，我向你說過了，他很擅長察覺我什麼時候需要他。「菲爾，」我說，「我眞的闖禍了。」他說：「是啊，我早就警告過妳……」然後他就只是坐在那兒，一臉哀戚，這使得我打包的速度更快。天亮時我已經打包好了，那天清早我就到了博德加灣，故事結束。

「妳一直沒有打到醫院問問那男孩怎麼樣了？」

如果你表現得像個高尚的人，就不會惹上瀆職組了。我是這麼想的啦：除了芬德里警官那種人之外，一般來說警察都很懶，而追蹤我追蹤到卡洛塔那裡太麻煩了，除非那小子死了，否則他們應該不會這麼大費周章。以此推論，如果我「沒有」被警察盯上，就表示他一定沒事……而我一直沒被警察盯上。就連我回到舊金山以後——你知道，後來我和警察又因爲別的事打交道，但街頭傳教士的事始終沒人提起。所以我對自己說我躲掉一顆子彈，並且發誓我已經學到教訓了。

「妳真的學到教訓了嗎？」

嘿，你知道嗎？從那一天算起，我又過了一年半才和人發生性行爲，而且是和一個三十五歲的男人——成熟的三十五歲男人。

好，正如我說的，我覺得自己很走運，於是我繼續向前看。我試著忘記曾發生這件事，你知道嗎？但環形監獄組絕不忘記。他們會漏掉一些事，或是歸檔時放錯位置，但只要他們知道一件事，就不會眞正忘記……當眞相終於回來找你，你曾經覺得很巧妙的那些藉口，到頭來一聽就是鬼話連篇，實際上也是。

所以我把故事說完以後，站在那兒盯著影片牆——現在牆上全是歐文．法利的照片——等著狄克森做出最後判決。但狄克森也在等，他望向我的方向，目光焦距卻在他右眼前方一公分處。那個迷你電腦螢幕瘋狂閃爍，我的手腕也被刺激到整隻手都麻了。

最後我忍不住衝口而出：「我害死他了嗎？」

「害死他？」狄克森說，「妳選擇的用語很有意思。」

「這是正確的選擇。你自己也說了，我很魯莽。現在我知錯了。所以如果他死了，應該要算在我頭上。如果他在某個地方昏迷著，或是被關在精神病院裡，也應該要算在我頭上。我願意承擔責任，好嗎？沒有藉口……無論你要怎麼處置我，動手就是了。」

時間一秒一秒過去，我後腦勺感覺到另一陣異樣感。我心想：那是他要射我的位置，另外一個壞猴子組探員現在正悄悄靠近我背後，等著狄克森點頭示意。我試著做好準備。

這時有個手機響了，打破那道魔咒。狄克森不悅地噘起嘴，從口袋取出手機。「喂？」他說，「喔，是你啊……我不知道你在監看……是的，我現在正看著結果。我會說它們是非決定性的，不過我打算……是嗎……是嗎……有什麼我不知情的考量嗎？……是嗎……唔，要是我事先就知道就好了……是的，我了解……當然，這事由你決定，但我還是要聲明，我仍然不覺得這麼做很明智……是的……是的……如你所願……」

他啪地合上手機，然後轉過身，按下筆電的某個鍵。電腦螢幕變暗，影片牆也變暗了。

「妳可以走了。」狄克森說。

「什麼？可是……你還沒回答我的問題。」

「歐文・法利還活著。不是拜妳之賜。」

「不過他好嗎？他後來怎麼了？他是不是——」

「不要對妳的運氣太有信心了。」狄克森嚴厲地說。

「好吧……可是你說我可以走了，意思是……我被判無罪了嗎？我還在壞猴子組嗎？」

「暫時是，」狄克森說，「除非……」

「除非？」

「除非妳還有別的罪行想招供。」

「沒有。」我把一根手指伸到手環底下將它脫下來，然後開始按摩我的手使它恢復知覺。

「不用了謝謝，我現在已經招供夠了。」

「那就出去吧。還有，珍？」

「嗯？」

「我會再與妳見面……」

白色的房間 V

「有意思。」醫生說。

「什麼事情有意思？」

「我除了在這邊的工作之外，有時候也會在一間名叫紅泉的機構進行訪談，它在沙漠裡，是——」

「專門關性罪犯的監獄。」她說，臉頰漲紅了。「我知道，我在來拉斯維加斯的路上有看到標示牌。」

「是『有暴力傾向』的性罪犯。」他說，但他所做的修正並沒能安撫她的憤慨。「我已經和累積超過一百個性罪犯談過話了，他們分成兩大類：反社會人格者，以及我視爲『惡人』的第二種群體。」

她的臉仍漲紅著，說：「反社會人格者不會有罪惡感。」

「非常好。大部分的人以爲反社會人格者是分不清是非對錯的人，但當然那是錯的。他們知道是與非的差別——足以懂得要隱瞞自己的行爲——他們只是不在乎。」

「壞猴子。」

「噢，惡人也是壞猴子——就某種角度來說，他們令人更難接受。反社會人格者就像火星人：他們在道德方面的漠然非常奇怪，不過至少和他們的行爲是一致的。可是惡人呢，他們具備正常的良知。他們會有罪惡感，也有自責的能力，只是他們不會因此而不幹壞事。」

「這就帶到我的重點了。」醫生說，「有另外一種方式能區別反社會人格者和惡人，那就是藉由他們說的謊話的類型來判斷。反社會人格者會對別人撒謊。惡人也會，但他們會先欺騙自己。爲了合理化自己的行爲，他們經常會煞費苦心地編織幻想場景……」

她的憤怒終於消散了。她用鼻子哼了一聲。「所以這就是你的新理論？我幻想出組織的存在，好減輕我心裡壓抑的對寵物男孩的罪惡感？」

「妳覺得這想法很蠢？」

「而狄克森是某種讓計畫發揮作用的靈魂人物？是啊，我確實覺得很蠢。如果你見過他，就知道爲什麼了。」

「他不是洗清妳的罪名了嗎？」

「並沒有。」她的火又冒上來了，「你不懂那通電話代表什麼嗎？狄克森並沒有認爲我是清白的，狄克森想要把我燒了。最起碼他也想要把我踢出壞猴子組，而且如果他能把我送進紅泉那種地方，他一定樂得很。」

「但實際上並沒有發生那種事。」

「因爲成本效益組駁回他的決定。」

「所以妳還是洗清罪名了啊，裁決者是非常聰明、掌握完整資訊的人士。」

「但我何必這樣？如果整件事只是我編出來減輕罪惡感的，幹嘛這麼折磨我自己？我大可以直接讓狄克森說：『嘿，妳是越線了，也沒什麼大不了的。』」

「因為連妳自己都不相信是那樣，」醫生說，「妳覺得這事很嚴重。所以在妳能接受赦免以前，妳想要——需要——為自己的所作所為好好被譴責一番。」

「你全都想通了，對吧？」

「不是全部。根據妳自己的描述，妳和組織的關係早在妳與寵物男孩的關係之前就開始了。而且儘管歐文．法利的事可能讓妳揹負很大的罪惡感，我還是懷疑光憑這單一事件就能引發妳如此複雜的應對機制。那太輕微了，時間點也太晚了。所以我不禁產生和狄克森同樣的疑問：妳還有別的罪行想招供嗎？」

「沒有。」她堅定地說，然後重申：「沒有。」她靠向椅背，移開目光；她的嘴唇動了動，好像要用嘴形說第三次「沒有」。

但實際說出口的話——在停頓許久之後，用低沉到幾乎聽不見的音調說的——是「還沒有。」

恐怖小丑、示播列和奧茲曼迪亞斯沙漠

我和狄克森交手過後，將近三個月都沒再接到壞猴子組指派的任務。我在接受安妮的訓練時，她曾說這類停工期未必是異常的，但基於我的狀況，我忍不住要擔心。

「妳覺得妳還是被炒魷魚了嗎？」

沒有，我知道不是那麼回事——我現在還是隨時能用電話聯絡上迎合組，他們只是沒有工作可以給我。而且當我要求和楚通話時，他們總是說他沒空，所以我猜想他可能在生氣。

「氣什麼？寵物男孩的事？」

更可能是我做的另一件事。之前在屋頂上的自助餐會議時，就在楚離開之前，他警告我不要自作主張處理泰勒醫師的案子：「我知道妳會蠢蠢欲動，尤其是等妳解決掉和瀆職組的面談之後，可是妳不要出手。朱利斯・迪茲是一好球；安妮・查爾斯是兩好球；我相信三好球之後會怎麼樣就用不著我說了。」

當然，這表示我得辭掉在養老院的工作。或許我是全宇宙頭號僞君子吧，但我就是沒把握如果我每晚都和那個變態擦肩而過，我眞的能忍住什麼都不做。所以我辭職了，不過最後一次值班時，我再度闖進泰勒的辦公室，找出他藏在檔案櫃裡的天主教學校制服型錄，直接擺在他的桌上。就算別人看到，他也不會惹禍上身，但我知道這麼一來他就會知道有人在盯著他。

「妳這麼做是想達到什麼目的呢？」

天啊，你問的問題和鮑伯・楚還眞是如出一轍。我不「知道」我想達成什麼目的；我只是「想做就做了」，好嗎？可是因爲有只可眼觀，環形監獄組知道我做了這件事，我相信他們告訴楚了，就算這件事沒有糟到要算三好球，我還是沒有服從直接的命令。所以我想一直沒有工作派下來，可能是楚懲罰我的方式：非正式的停職。

於此同時，狄克森還一直暗示他仍然沒放棄我的案子。我在海邊一棟辦公大樓找到另一份掃地的差事，這裡比養老院要安靜多了，只有我和一個保全，這應該很棒才對：沒有上司，整個地方可說都由我自由來去，再加上頂樓的販賣機有個小漏洞，只要按對了鈕，就能用一罐汽水的錢買到兩罐。但我開始覺得毛骨悚然。擁有這棟大樓的公司從台灣進口搖頭娃娃，那恐怖的玩意兒無所不在，不光是看著我，還對我「點頭」。情況嚴重到我頂多只能撐半小時，就得衝回樓下的保全室冷靜一下。

有一天晚上我進到保全室，看到保全的電視開著，正在播《畢業生》。而且不是隨隨便便的一段喔——我一進門就看到安妮・班克勞馥正爲了達斯汀・霍夫曼穿上絲襪。所以我說：「我可以換台嗎？」保全聳聳肩說好啊，我一轉台就轉到另一幕閨房戲：《哈洛與茂德》，巴德・寇特躺在露絲・戈登身邊。我「再度」轉台，這台在播廣告，我鬆了一口氣，可是接著旁白的聲音就說：「接下來在A&E電視台爲您播出的是：《魔女的條件》……」

「而妳認為是狄克森用這種方法在嘲弄妳？操縱電視台播的節目？」

如果只有這麼一次，我可能還會認爲是巧合。可是從那次之後，只要我靠近電視……我是說，我知道有線電視台整天都在重播，可是同樣那幾部片能循環多少遍？

而且不光是電視而已。我也開始在廣播的播放清單中看到挖苦的意味。當我一邊淋浴一邊跟著KFOG電台播的歌唱著，會突然間聽到這首歌：〈孩子們都平安無事〉。就算歌名本身沒有問題，樂團名稱也有蹊蹺……例如「寵物店男孩」。你還記得寵物店男孩嗎？他們大概十年前就不紅了吧？可是突然間，電台又開始狂播他們的歌。

「我猜還有麥可・傑克森吧。」

別提麥可・傑克森了，如果我這輩子再也不用聽到〈比莉・珍〉……

「那妳怎麼處理這種……騷擾？」

起初我試著不去理會；發現沒有用之後，我又開始嗑安定。有一陣子那對我有幫助，但後來狄克森開始出賤招。某一天我去雜貨店買東西，結帳時突然想起忘了拿奶油，我跑回去乳製品區，發現有人把所有盒裝牛奶都轉了一面，讓失蹤兒童的照片朝向外側。他們全是男孩，全都帶著失望的表情望著我。

這實在太過分了。我是說，《哈洛與茂德》也就罷了，就某種扭曲的角度來看那還挺好笑的，可是這個對我來說不是笑話。

所以接著我有了想再度離開這座城市的念頭。其實這想法並不合理，因爲狄克森的管轄範圍不像舊金山警局一樣受限——瀆職組無所不在。但是當時我只能想到這個辦法。

「妳為什麼選擇來拉斯維加斯？」

這不是我選的。我「想」去的是太平洋西北地區，西雅圖或波特蘭吧。我覺得那裡的天氣不錯，而且美國的那個區域簡直就像連續殺人犯心中的麥加，所以我知道等楚放我離開冷宮，我就能有接不完的工作。但結果楚對我另有打算。

我去了一間旅行社，它主打規劃長途搬家，我想要打聽華盛頓州或奧勒岡州的相關資訊。坐櫃檯的女人看我的眼神好像我瘋了似的。「那裡現在經濟超級不景氣，妳有沒有考慮過內華達州？」

「內華達州？」

「拉斯維加斯景氣正旺呢，它是全國少數沒有受到經濟蕭條影響的城市。他們每個月都有幾千戶新建案。」

「抱歉，我沒興趣。」

「不，眞的，妳應該考慮一下。在這裡等我一下，珍，我去拿DM給妳看……」她進到內側的房間，我急忙逃走。我可沒告訴過她我叫什麼名字。

我回到公寓後吞了三顆安定，然後打開電視。我特別設定過，會自動跳過播電影或性侵案審判的頻道，所以剩下能看的不多了。你能猜到那天晚上旅遊頻道的節目主題是什麼嗎？

「拉斯維加斯？」

連播三集。讓人幾乎以爲拉斯維加斯商會付錢給電視公司打廣告呢。我換到體育台，結果他們在轉播於賓尼昂賭場舉辦的撲克大賽。

我關掉電視，拿起電話。

「珍・夏綠蒂。」

「是啊，我又要找鮑伯・楚。對他說我收到訊息了。」

「看妳後面。」

我回過頭，看到楚從我的廚房走出來。「拉斯維加斯有什麼？」我問他。

「我們認爲很適合妳的任務。」

「不能換個好一點的地方嗎？」楚只是揚起一眉，好像在說：妳是要我再冷凍妳三個月嗎？「好吧，好吧，」我說，「所以是怎樣？」

「等妳到了以後，妳的接應人會告訴妳細節。」

「這次任務不是由你監督啊？」

「我晚點會加入，不過任務的最初階段，妳要和我的一位同事合作，他叫羅伯・懷斯。」

「成本效益組的每個人都叫鮑伯【譯註】嗎？」

「懷斯不是成本效益組的，」楚說，「他是恐怖小丑組的。」

「你要我和一個小丑搭檔？這是哪一類的任務啊？」

「重點不是這項任務的性質，而是它的地點。恐怖小丑組認爲拉斯維加斯是他們的地盤，而且他們的地域觀念很強，我們其實不太可能在那裡執行任務卻不拉他們入夥。不過別擔心，懷斯是個好人。他……比某些人來得不那麼陰晴不定。」

「好極了。那我什麼時候出發？」

「我們需要妳準備好在週四出發。迎合組會安排旅行事宜。」

「了解。不過我需要一些錢，賣搖頭娃娃的那些人可不會放我有薪假，而我的房租已經積欠不少了。」

「嗯，我知道，我正要說到這個。」他遞給我一張已經刮開了的叢林現金刮刮樂。

「呃，楚，」我看著中獎金額說，「這太少了。」

「夠妳租個長期置物櫃了。小的置物櫃。反正妳的家當也不多。」

「你要我放棄公寓？」

「妳不是原本就這麼打算嗎？」

「欸，是啦，可是……這趟拉斯維加斯任務預計要花多長時間？我是說，我這樣不留後路合理嗎？」

楚舉起一張縐巴巴的驅離通知，那是他從我廚房的垃圾桶翻出來的。「我覺得妳早就沒有後路了，不是嗎？」

我把我的家當拿去放在置物櫃。我順路去了一趟搖頭娃娃公司，原本是要提離職的，結果我成功說服管薪水的人讓我預支兩星期的工資。然後我打給黑色直升機組，那是迎合組底下的小組，專門負責交通的。雖然我早該想到的，但我還眞心以爲他們會讓我坐飛機去拉斯維加斯。哈。

「今天下午五點鐘，」電話那頭的聲音說，「去站在太平洋高地區喜互惠超市外的停車場。有人會把車停在妳看得到的地方，並且把鑰匙留在車上。」

譯註：鮑伯（Bob）是羅伯（Robert）的暱稱。

「哪一種車型？」

「今天下午五點鐘，去站在太平洋高地區喜互惠超市外的停車——」

「好啦，好啦，我知道了。但我怎麼知道我沒找錯車？」

「車牌號碼會是偶數。」

快要六點的時候，才有一輛黑色休旅車開進喜互惠的停車場，是一個媽媽帶著兩個孩子；那兩個孩子互相尖叫，讓他們的媽媽有充分理由忘記拔車鑰匙。休旅車的車牌號碼末位數是八，而且是內華達州的車牌，我想這算是相當確切的線索了——不過爲了以防萬一，我還是等到那個媽媽拖著小孩進到店裡，才開始行動。

我在置物箱找到一張Mobil信用卡，用它把油箱加滿，然後我就出城了。我一邊往南開，一邊想著恐怖小丑組的事。

小丑組的前身是另一個祕密組織，在很久之前被組織給吸收了。他們專精於心理活動：用擾亂心智的方式行俠仗義。他們和所有人一樣應該聽命於成本效益組，不過由於他們的特殊淵源，他們其實算是半自主團體，堅持要照自己的規則行事讓高層很頭痛。

「怎麼個頭痛法？」

「唔，小丑組的其中一個特色是他們比其他分支更不怕拋頭露面。他們把都市傳說視爲一種諜報技巧，這也是他們名稱的由來。

「我印象中沒有哪個都市傳說和恐怖小丑有關。」

這是模仿古早時候的短片《黑衣人》的哏。以前組織聽到風聲有惡人在小鎮或郊區犯案時，他們會派出一群化著詭異小丑妝的傢伙開著車到處晃，嚇唬那些當地人。他們的用意是引起警覺，讓居民鎖好門，不要隨便相信陌生人，直到壞猴子組能消滅威脅。這一招還挺有效的，可惜有一個叫蓋西的小丑演員入戲太深，逼得他們停止這種做法。

「『殺人小丑』約翰・韋恩・蓋西是組織的探員？」

不是頂優秀，不過確實是。他原本在環形監獄組服務，後來轉調到心理作戰組，所以他知道怎麼避過只可眼觀的監視；所以他才能累積那麼多具屍體都沒被逮到。後來警察鎖定他，搶在組織之前，你可以想像瀆職組出的這個包，讓多少人受罰。

總之，從那時候起，他們就不再使用恐怖小丑的招數了——大部分時候啦——不過這個名號一直沿襲下來。

所以我就是要和這個小組合作，你能理解我爲什麼心情有點矛盾吧。這次的任務應該不會無聊，但如果我配到錯的神經病當搭檔，我可能會寧可回到搖頭娃娃公司去。

我在貝克斯菲爾德停下來，吃頓遲來的晚餐。重新回到高速公路上不一會兒，油表原本顯示還剩幾乎三分之一油箱的油，突然間指針就落到紅字區。幸好在下一個交流道就出現加油站的標示。

那座加油站位在一座只有一個紅綠燈的迷你山鎮，早在幾個鐘頭之前所有商店都打烊了。我沿著大馬路開，突然有種異樣的感覺。街上空無一人，不過是恐怖片裡那種空無一人，好像馬上就會有一群群殭屍冒出來。我原本打算自助加油的，不過到了加油站以後，我改變心意開到完全服務的車道。

加油站員工穿著一件連帽運動服，他的臉籠罩在陰影中。「今天晚上眞冷。」我稍微降下車窗時他說，「妳要不要進屋來喝杯咖啡？」

「不用了，謝謝，幫我加無鉛汽油，加滿。」

他在加油時我留意著他。他把油箱蓋蓋回去時，很滑稽地偏著頭定住十秒，好像剛剛聽到黑暗裡有樹枝被踩斷的聲音。

然後他回到我的窗邊：「妳確定妳不要喝咖啡嗎？」

「確定。」

「『眞的』很好喝喔。」他偏著頭，右手臂開始抽搐。「『相信』我，妳會很『慶幸』妳喝了。」

「抱歉，我是摩門教徒。就算咖啡因只是沾到我的嘴唇，我都會直接下地獄。」我也抽筋似地抖了抖信用卡，他不情願地接過去。他進到辦公室，站在一進門的位置，腳躁動地點啊點的。然後他又出來了。

我的NC槍塞在一個牛皮紙袋裡，擱在我的座位旁邊。加油站員工第三次來到我的窗邊時，我伸手拿槍。

「這張卡刷不過。」他告訴我。

「是嗎？」我邊說邊拉開槍的保險栓，「我聽說如果眞的把卡插進機器裡刷，效果會好得多。」

「這張卡『刷不過』。」現在他整個身體都歪向一邊。

「好吧，那還我，我付現。」

「依照規定我不能還妳，我需要妳和我一起『進到屋裡』。」

「喔，最好是。」

「小姐——」

「你想留著那張卡就留著吧，但我是不會和你去任何地方的。」

「小姐，拜託……」

我只差那麼一點點就要開槍射他了。可是當他傾向前懇求我時，我終於看到他的表情，發現他已經快嚇傻了。然後——大概是因爲我的心態已經融入恐怖電影的情境了——我突然想起在某個地方聽過這個故事。

「告訴我，」我說，「你的行爲如此古怪，是因爲有個傢伙拿著斧頭窩在我的後座嗎？」

加油站員工眨眨眼。「妳『認識』他？」

「唔，我們還沒有正式見過面，但我相當確定他叫鮑伯。」

「噢，」加油站員工說，「好吧，那我去刷一下妳的卡……」

他回到辦公室；我望向後照鏡。「是羅伯．懷斯吧？」

「如果我不是的話，」懷斯說，「妳已經死了，或是寧可妳死了。」他坐起身，雖然他講話很嗆，而且手裡拿著雙頭斧，他給我的第一印象卻不怎麼可怕。他看起來不像斧頭殺人魔；他看起來比較像去砍柴途中迷了路的美國陸軍遊騎兵。

「你在那後頭待了多久？」我問他，「從貝克斯菲爾德開始嗎？」

「這重要嗎？」

「我只是想知道你有多不爽。如果你從舊金山開始一路坐在地上，現在你的屁股一定痛死了。」

「妳很會搞笑。」懷斯說，「楚提過妳很會搞笑。」然後他說：「在這裡等著。」說完就下車了。

我看著他走向加油站辦公室，斧頭垂在身側擺盪。懷斯走進門內時，本來看著刷卡機的加油站員工抬起頭，開始舉起雙手。接著辦公室的燈就滅掉了。

兩分鐘過去，懷斯重新現身，沒拿斧頭。他小跑步回到休旅車旁，坐進前座。「給妳。」他把信用卡遞給我。

「呃……你剛才做了什麼？」

「妳不用管。」

「懷斯，你做了什麼？」

「我晚點再告訴妳，現在我們要先離開。」他瞄了瞄手錶。「最好在四十二秒之內離開。」

看手錶的動作讓我決定不再爭辯。我發動車子開出去，在心裡默唸「一千一次，一千兩次」，等我數到「一千四十二次」時，我從後照鏡看到強光。

我一手從方向盤移開，伸手去拿NC槍。紙袋是空的。

「沒關係，珍，」懷斯說，「武器暫時由我保管。妳只要專心開車就好。還有妳不必可憐剛才那個傢伙——他是罪有應得，我保證。」

「見鬼，到底怎麼——」

「好好開妳的車就對了。」

我開著車。在開進內華達州之前，懷斯一直沒有開口。越過州界幾公里後，他要我下高速公路，開上一條沒鋪柏油、彎彎曲曲朝北進入沙漠的路。

「我們今晚不去拉斯維加斯嗎？」

「對，去我那裡。」

路的盡頭是用圍籬圍起的一片土地，大門為我們自動開啓。懷斯指引我開進去，來到一棟低矮的、像是倉庫的長形建築前，前面有塊標誌寫著「法定善良出版社」。我剛停好車，他就把車鑰匙拔走。

「別擔心，」我告訴他，「我哪也不會去，我太累了。」

「喔，嗯，這樣我就不用擔心妳會在睡夢中開車離開了。」

「如果我在睡夢中走路離開呢？」

「這裡有郊狼，」懷斯說，「別亂走。」

我跟著他進入倉庫，來到一個霉味很重的房間，那裡已經爲我準備好一張行軍床。「如果妳要用浴室，就在後面。」他說，「除了去那裡之外，假如妳想四處打探——」

「我知道，有郊狼嘛。」

我在早上醒來的時候，觸目所及全是納粹黨徽。我的行軍床左側有個書架，標示著「亞利安文學」，上頭展示著《名爲奧斯威辛的騙局》和《錫安長老會紀要（圖解版）》之類的書。我坐起來，揉掉眼中的睡意，開始察看房間裡的其他書架，每個書架都有一個主題：白人優越主義；黑人優越主義；宗教；槍枝與滅音器；刀戰與武術；製作炸彈；生化戰爭；刑求技巧；騙局；假身分與身分盜竊；電腦駭客；洗錢與逃稅；跟蹤；報復。

我晃到「製作炸彈」書架前，正在翻《愛國者的食譜：在家製作爆裂物和化學武器詳解》時，懷斯走進房間。他洗過澡也刮過鬍子了，看起來心情比前一天晚上愉快許多。「找到喜歡的書了嗎？」

「『法定善良出版社』。」我說，「這是笑話嗎？」

「我不知道。妳在笑嗎？」

我舉起《愛國者的食譜》。「『這』是笑話嗎？」

「它不能取代大學的化學學位，如果這是妳想問的。」

「裡頭的作法行不通？」

懷斯用手做出蹺蹺板的動態。「書裡的資訊品質良莠不齊。臭味煙霧彈的作法滿正確的；黃色炸藥和塑膠炸藥的作法就不那麼管用了。」

「那這個呢？」我指著目次頁的一行，它寫的是「沙林毒氣」。

「看看器材需求清單。」

我看了。「什麼是蓋利那戈燒瓶？」

「非常專門的一種器具——專門到根本不是真實存在。但如果你去化工材料行詢問這樣東西，或是在網路上搜尋，都會啓動環形監獄組的警鈴。」

「這些書也被裝了監視器嗎？」

「有些有。精選出的幾本書上有只可眼觀，再加上某些仇恨文學上裝了圖書館裝訂。當然，我們也建立了郵寄地址通訊錄。」他從口袋拿出遙控器，指著掛在亞利安文學書架上方的柏林國會大廈圖畫；那幅畫往旁邊滑，露出一面美國的電子地圖，地圖上密密麻麻全是閃爍的光點。「綠點是我們判定無害的顧客——覺得買一本《如何找到你的前妻》當作浴室讀物很有創意的人。紅點是眞的想傷害人的顧客。黃點是我們還不確定的。」

「現在拉斯維加斯附近有很多紅點啊。」我觀察到。

「是啊，我們也注意到了。不過妳看看這個……」他按下遙控器上另一個鈕，全部的光點都消失了，只剩下加州南部的一個點。螢幕底部出現一張照片和姓名。「認得他嗎？」

「那個加油站員工。」

「他對炭疽病毒和美國郵政有些令人遺憾的餿主意。」

「如果他是隻壞猴子，爲什麼不讓我來處理他？」

「唔，如果妳能察看後座確認有沒有偷渡客，我們就有時間討論這件事了。不過事實是，看起來我自己處理他比較簡單俐落。而且那時候我眞的很不爽。妳餓了嗎？」

這棟建築除了印刷機和裝訂機之外，還有一間設備齊全的商業廚房。懷斯替我做早餐時，我就坐在不鏽鋼檯子旁和他閒聊。

「所以你怎麼會成爲小丑的？」我問他，「我是說，除了斧頭之外，你看起來挺正常。」

「別讓我的髮型唬住妳了。」懷斯說，「我一開始是情報人員，可是我到這裡來設立出版社時，恐怖小丑組的頭頭就拉我進去。」

「從環形監獄組跳槽到小丑組還眞是熱門選項啊。你認不認識——」

「蓋西？」懷斯搖頭，「那是我加入之前的事。」

「那叫狄克森的傢伙呢？你和他打過交道嗎？」

「可以這麼說吧。我是他的驗證官。」

「狄克森是你『訓練』的？……那表示你也待過瀆職組囉？」

「沒有，我只待過正規的環形監獄組。狄克森一開始也在那裡，但他從第一天起就一心想調到瀆職組。」

「你喜歡他嗎？」

「他是個好學生。或許有點太過積極了。怎麼，他和妳有什麼瓜葛？」

「他在給我做背景調查。」

懷斯笑了。「那一定很有趣。」

「簡直棒透了。欸，也許你可以替我解惑：狄克森找我去面談的時候，我得戴一種手環……」我形容給他聽。

「聽起來像是示播列裝置。」懷斯說。

「示播列是什麼？」

「它的典故出自《舊約聖經》的〈士師記〉，基列人和以法蓮人打仗，以法蓮人慘遭屠殺。殘存的以法蓮人想裝作另一個部族的人蒙混過關，但他們的口音洩露了眞相：以法蓮人不會發『示』的音，所以他們唸『示播列』時會唸成『西播列』。」

「而示播列裝置……？」

「採用相同的基本概念。它是分辨好猴子和壞猴子的工具。」

「藉由他們說話的方式？」

「藉由他們的感受。那種裝置能感測不恰當的情緒反應。譬如說，有人對你說你母親去世了，結果你是開心而不是悲傷。或是有人強迫你談論你做過的可恥之事，只不過你並不感到羞愧。」他又笑了。「妳一臉擔憂耶，別緊張。我不知道妳和狄克森之間發生什麼事，但如果他對妳真的有很深的疑慮，妳就不會在這裡了。這次的任務可是很重要的。」

「這次的任務內容到底是什麼？」

他遞給我一條銀質的醫療手環，像是癲癇症患者戴的那種。手環的一面有一串埃及象形文字，底下是「奧茲曼迪亞斯有限責任公司」的刻文。另一面刻了一段文字：

若此人死亡

請讓屍體保持涼爽，並致電

1-800-EXTROPY

以獲得進一步指示

將致贈五萬元現金酬勞

「妳知道什麼是低溫處理技術嗎？」懷斯問。

「知道啊，就是把你放在冰塊上冷凍起來，直到醫生發明能對付讓你送命的疾病的新療法。不過我倒是不知道有賞金機制。」

「這是豪華版，目的是盡快讓屍體進入低溫狀態，好讓死後腐化的程度降到最低。」

「我猜猜：這是那種聽起來很聰明、實際上卻不是那麼回事的主意。」

「在想要長生不死，和提供發現你屍體的人賞金之間，」懷斯說，「確實存在著矛盾。」他遞給我一疊像是棒球卡的東西，但上頭的照片有男也有女，而且背面的統計資料也和體育毫不相關。「這些都是六個月內死亡的奧茲曼迪亞斯公司的客戶。」

我數了一下，有十三張卡片。「他們的客戶名單有多龐大？」

「沒那麼龐大。如果拿他們過去每六個月的平均資料來看，妳手上應該最多只有兩張卡片。」

「所以說有人為了賞金謀殺他們……不過那應該很難安全過關吧？我是說，同一個人一直來領賞金，公司難道不會起疑嗎？」

「那些屍體都是被不同的人發現的，」懷斯說，「而且發現者之間沒有明顯的關聯。但我們相信他們確實是有關聯的。」

「所以這是有計畫的非法勾當？謀財害命？」

「除了為財，還有另一個動機。」

「什麼？」

「邪惡。我們認為殺手的終極目標——在盡可能撈夠錢之後——是吸引警方的注意。」

「警方還沒有注意到嗎？」

「還沒有，但是死亡的速度照這樣繼續下去，警方勢必會介入——而他們展開調查後會採取的第一步就是下令給所有死者驗屍。」

我想了想。「驗屍代表要把他們解凍……」

「解凍，然後解剖。」

「所以說他們不但提早死亡，還會失去復活的機會。」

「妳覺得這很好笑？」

「呃，沒有，我覺得很可怕，可是……拜託，反正低溫處理技術本來就是天大的狗屁，不是嗎？」

「是啊，就像器官移植，或是複製科技。」

「好吧。」我說，不想就這件事爭辯。「好吧，倒回去，我還是不懂警方怎麼還沒有開始調查。如果已經有十三個人被謀殺了——」

「統計資料妳看得不夠仔細。」

我再次瀏覽卡片。「死因：心臟病發……死因：心臟病發……死因：中風……死因：心臟病發……」我抬起頭，「你們掉了一把NC槍嗎？」

「連同槍的主人。」他把另一張卡片放在檯子上。

「雅各・卡爾頓。」

「曾服務於好撒馬利亞人組，一九九九年轉調到壞猴子組。他在去年六月於雷諾市進行任務時失蹤。我們原本以爲他被他獵殺的目標給殲滅了，可是現在看來還有另一種答案。」

「那我們怎麼找到他？」

「我們認爲卡爾頓在奧茲曼迪亞斯公司內部找到一份工作。這幾週以來，環形監獄組一直想在他們的總部裝監視器，可是那些裝備老是故障。今天妳和我要假扮成客戶，進到那裡面去。」

奧茲曼迪亞斯機構還要再往沙漠裡開六十幾公里。「既然他們這麼急著把人凍起來，」我問，我們正開車穿越一片荒地，「把公司蓋在城裡不是更合理嗎？」

「分區法規。」懷斯含糊地說。

「拉斯維加斯還有分區法規？」

我們逐漸接近目的地的第一個跡象，是地平線那裡閃動著的鮮艷色彩。我本來以爲那是海市蜃樓，可是又開了一、兩公里後，那團色彩轉變爲一個綠色圓圈，圓圈中央是一棟白色建築。

我們穿過奧茲曼迪亞斯的花園進入訪客停車場時，一架載貨用的大型直升機發出尖嘯飛過我們頭頂。它降落在貼近建築的東側，一群穿著太空裝的人跑過去，卸下一個銀色的屍袋，又匆匆忙忙地送進建築。

「好吧，我們的假身分是什麼？」

「我們是夫妻，」懷斯說，他交給我一枚戒指，「斗先生和斗太太。」

「珍・斗【譯註】？是啊，還眞不可疑。」

「別擔心，等一下進去以後由我負責講話，妳只要點頭就好，還有張大眼睛找卡爾頓。」他打開置物箱，拿出我的NC槍。「還有一件事：我們想盡可能活逮他。」

「沒問題。」我把槍的模式調到NS，也就是猝睡症發作（narcoleptic seizure）。

我們一進入建築就被一股極地冷空氣襲擊，好像這家公司想讓我們知道他們有實現願望的能耐。我們走到櫃檯，有個穿了四件毛衣的女人印了胸牌給我們，對我們說馬上就會有一位歐格菲醫師來向我們說明。

歐格菲讓我聯想到甘尼許。他們外表倒不怎麼相似——除了身材也矮小，一副很欠打的模樣——不過他有種緊張兮兮的氣質，也帶著悲傷，好像這並不是他嚮往的職涯。不過等他做完自我介紹、擺出職業表情，看起來就有精神多了。「唔，斗先生和斗太太，感謝二位蒞臨！到我的辦公室去吧，來聊一聊奧茲曼迪亞斯能如何爲您服務！」歐格菲的辦公室有一面很大的凸窗，朝向一片長滿果樹和花叢的土地。自動灑水系統製造的彩虹跨越那條綠意，如果我嗑了迷幻藥，我可以盯著它看一整天。但歐格菲沒有招待我們任何藥物，只有舒適的椅子和茶。接著他切入正題：「我了解二位有意購買我們的延續生命計畫。」

我一定是顯露想要搞笑的表情，因爲懷斯用手按住我的手臂，然後回答：「是的。」

「是兩位都要，還是……」

「都不是。」懷斯說。

「都不是。」歐格菲的眉毛上下擺動了好幾下。「這麼說是禮物囉？我們確實有禮品方案，其實這種狀況還挺普遍的，應該說，倒也不算『普遍』啦，可是……要送給什麼都不缺的朋友，或是即將退休的優秀員工……」

「是要給我們的兒子用的。」

「噢！噢，我了解了。貴公子……？」

「菲立普。」

「了解。請問菲立普幾歲了？」

「十歲。」

「而他……生病了？」

「他出了意外。他在屋外玩，他姊姊應該要看好他的，可是……嗯，你也知道孩子嘛，她分心了。」

譯註：Jane Doe是用來指稱「不知姓名的女性」的代稱，且經常是指無名女屍。

「噢，真是可怕。」

「其實不能怪她，她不應該承擔這樣的責任。要說誰有錯的話，也是我和內人。」

「噢，不。」歐格菲醫師說，「別這樣想！有時候這種事在所難免。」

「總之，菲爾現在在醫院，在加護病房，我們祈禱他能撐過來，可是如果不能……我們想要做好準備。」

「當然，當然。」

「所以，」懷斯總結，「我們想要參觀你們這裡的設施，或許也見見一些人員……」

「當然好！我很樂意現在就帶二位參觀！我們——」電話響了，歐格菲醫師愣了一下。「天啊！很抱歉……」他仔細瞧了瞧伴隨鈴聲的閃爍光點：「唔，三線，很抱歉，我真的得接這通電話……如果二位不介意的話——」

「沒關係，」我邊說邊站起身，「我們在外面等你。」

我算是把懷斯拖出房間。我們一走到門外，我就殺氣騰騰地說：「剛才那是什麼鬼？」

「妳指的是什麼？」

「我們的兒子『菲爾』？出了『意外』？當他的『姊姊』在看著他的時候？」

懷斯面無表情。「我不知道妳幹嘛反應這麼大。我剛才說的話全是照劇本來的，我只是唸出來而已。」

「什麼劇本？」

「成本效益組給我在這次任務中用的。妳以爲那些話是我臨時編出來的？」

「成本效益組的誰——」

「好喔！」歐格菲醫師說，「準備好參觀了嗎？」

我們沿著走廊朝第一站前進，我仍然狠狠瞪著懷斯。於此同時，不知歐格菲是察覺氣氛緊繃，還是這是他的標準行銷套路，總之他喋喋不休地開始解說公司名稱的由來：「它來自雪萊的詩。」

「奧茲曼迪亞斯，眾王之王，」懷斯說，「『看看我的功績，諸位強者，並感到絕望。』」

「對！就是那一首。當然，『我的功績』是一句反諷，因爲詩句接下來就說其實那些功績什麼也沒有保存下來，只剩下吹噓的銘文。考慮到我們在做的事，引用這個典故好像挺奇怪的。不過您要了解，這之中其實有雙重反諷的意味，因爲雪萊選錯國王來挑毛病了。他創作這首詩的時候，我想是一八一七年，埃及古物學還沒有長足的進展，所以任何一位法老王的相關資訊都是隱晦不明的。然而現今拜科學之賜，情況已大不相同。奧茲曼迪亞斯——也就是拉姆西斯大帝——不光是史上最著名的統治者之一，我們還知道，與雪萊的詩正好相反，他的許多功績確實都保存了下來。」

「重點是啥？」我打岔，不想還沒好好修理完懷斯就先睡著了。「話不要說得太早？」

「沒錯！」歐格菲醫師說，「一點都沒錯。話不要說得太早！我們認爲類似的謹慎態度也適用於我們的產品。斗太太，或許不用我說您也能理解，世人對我們這個產業是有一些疑慮的。有些人哪，我不想說他們無知，不過某些……『資訊不足』的人，認為低溫處理技術是，嗯——」

「一堆狗屎？」

「——一種奇想。樂觀主義者的白日夢……可是很多科學進展也曾遭受同樣的批評。」

「例如器官移植，」我說，「或是複製科技。」

「對！對！您果然能理解。被這一代嘲弄的想法，到下一代已成為理所當然之物。我向您保證，斗太太——我們會為貴公子祈禱，我們當然會，希望能有最好的結果——但即使遇上最壞的結果，您也不會永遠失去他。我保證，我們『會』讓菲爾回來的……到了！」

我們來到一扇防盜門前，門上標示著「低溫保存區A」。歐格菲在牆上的讀卡器刷了一下鑰匙卡，門便滑開來，迎面而來的是另一股冷空氣。

我走進去，預期看到類似停屍間的格局，一具具屍體存放在牆上的冷凍櫃裡。然而奧茲曼迪亞斯的客戶是被安置在獨立的架子上，用很高的金屬圓柱體包圍著，看起來就像巨大的保溫瓶——歐格菲醫師稱之為「低溫艙」。每個架子上放了六個低溫艙，以直立方式懸垂，不過可以調整成水平狀態以便裝卸屍體。房間另一端有一群穿著太空裝的人——很可能就是我們在直升機停機坪看到的那群人——剛把一個低溫艙轉成裝載方向；他們取下末端的蓋子，一股白色氣體湧了出來。

有些架子懸吊著比較小的容器，每個低溫艙是正常尺寸的三分之一。我說：「拜託別告訴我那些是嬰兒。」

「噢，不是。」歐格菲醫師說，「兒童存放在低溫保存區B。這個空間只有成年人。那些是頭顱，是……呃，平價方案。」他一邊說明一邊露出有點畏縮的表情，「您要了解，那沒有任何不恰當之處——等我們握有讓屍體復活的技術，要培養出新的身體應該也不會是難事。不過就我個人來說，我寧可不要給復活小組帶來任何『不必要的』挑戰。」

低溫保存區B和低溫保存區A幾乎完全一樣，只是架子之間隔得比較遠，好騰出空間放置有軟墊的長椅。「給訪客使用的，」歐格菲醫師說明，「我們也歡迎成年客戶的親朋好友隨時來探望他們，不過我想二位也能體會，育兒室這裡的訪客多得多。順帶一提，購買白金拉撒路以上的升級方案，會附贈來回麥卡倫機場、不限次數的接駁服務……」

我猜想揍他一拳會暴露我們的身分，所以我走向一旁，讓歐格菲繼續自吹自擂。我走到最近的架子旁，假裝仔細察看低溫艙。

一陣金屬碰撞聲引起我的注意。我身體往旁邊一扭，越過架子看向後方，地上有個維修口的蓋子剛剛打開了。另一個穿太空裝的人從維修口爬上來。他轉身把蓋子放回去時，我看到他的臉。

雅各・卡爾頓。

「斗太太？」歐格菲醫師說，「我剛才正和尊夫說到一件事，我想您——」

「我馬上過來！」我拔出ＮＣ槍，一個箭步繞到架子後面，但卡爾頓已經消失了。

「珍？」懷斯說，「怎麼了？」

地板下方傳來一聲巨響，架上的低溫艙都隨之搖撼。燈光一閃一滅，原本發出穩定嗡鳴聲的空調和冷藏系統都轉爲病弱的嗒嗒聲。

「是『那個人』！」我對懷斯喊道，「我想他剛剛破壞了電力系統！」

「什麼？」歐格菲醫師說，「不會，這裡不可能被人破壞，我們的保全措施是頂級的！而且電力系統有『兩個』備用發電機。」

彷彿受到暗示，第二次爆炸使大樓搖晃，某處響起警鈴聲。

「天啊，」歐格菲醫師說，「也許我們最好──呃！」

「懷斯？」我舉著槍繞回架子另一邊，看到醫生面朝下趴在地上。懷斯剛才撲到幾個冷凍頭顱後方尋求掩護，現在他用嘴形說「在那裡」並用手指著。

我沿著一個又一個架子慢慢接近卡爾頓的藏身處。我快要接近的時候，第三次爆炸讓僅存的電力也報銷了。在接下來漆黑一片的幾秒時間裡，我聽到奔跑的腳步聲。

裝電池的緊急照明燈亮了。我彎著腰衝過最後一個架子，及時看到一扇緊急出口的門闔上。我對懷斯大喊：「我去追他。」可是跑到門邊時，我暫停腳步回頭看。這個房間的溫度已經明顯升高了，低溫艙冒著一縷縷白煙。

我穿過那扇門。一條彎彎曲曲的走廊帶著我回到主要的走廊，我在那裡看到另外兩具倒在地上的屍體，是另一位醫生和保全。保全倒地時正在揮擊，他的拳頭裡還緊握著一根警棍。他旁邊的地上有一把橘色手槍，在橙黃色的緊急照明燈光線下幾乎是隱形的。

我把卡爾頓的NC槍插進腰帶，循著指示牌走到最近的出口。卡爾頓被困在那裡，他要逃出這棟大樓的最後一個關卡被兩扇不再自動的自動門給擋住。本來這種門應該可以手動拉開的，但要用兩隻手比較好開，而卡爾頓的右手臂疲軟地垂著，這是那個保全的警棍造成的傷勢。現在他拔出自己的棍子——一把猴頭扳手——用來猛砸自動門的玻璃。我躡手躡腳地靠近他背後，等到他砸掉了夠多玻璃，讓我能無後顧之憂地射擊，然後我便讓他睡著了。

破掉的門外吹進一股沙漠熱風。望向外頭時，我意識到電力故障使得花園的灑水系統也掛了，所以那些植物也死路一條。但我擔心的並不是那些果樹。

「我們搞砸了，對吧？」懷斯走到我後頭時我說，「他們都會解凍了。」

「我以為妳不相信復活那一套。」懷斯蹲下去，拉開卡爾頓太空裝的頭套，用兩根手指按著卡爾頓的頸靜脈。「天殺的！我對妳說了我們要活逮他！」

「他還活著啊，他只是睡著了。」

「是啊，像剛才那些屍體冰棒一樣睡著了。」

「不……我調成擊昏模式了，你看。」我把槍轉過去給他看，但指針指著MI模式。

「慘了……」

「什麼慘了？」

「這一定是他的槍。我剛才撿起來，然後……老天，我一定把它和我的槍弄混了。」

「幹得好啊。」

「喂，我很抱歉，這是意外。」

「是啊，妳很常出意外，不是嗎？」他站起來，「好吧，咱們閃人了。」

「那他怎麼辦？」

「不管他了，他現在對我們已經沒用了。」

「那他們……？」我朝著低溫保存室的方向揮揮手。

「我們無能為力。」

「組織沒有某種善後小組可以恢復電力嗎？好撒馬利亞人組呢？這不是他們的專長嗎？」

「我們無能爲力。」懷斯重複，「走吧。」他跨過自動門進入垂死的花園。「此地不宜久留。」

白色的房間 VI

「妳準備好要談菲爾發生什麼事了嗎？」醫生問。

桌上攤放著另一個證據文件夾，方向轉朝她，讓她能讀到裡頭警方報告的第一頁。但她不肯看它一眼。她駝著背靠向椅背，目光始終低垂著，定定地望著她擺在膝上被銬住的手。

「珍。」醫生催促她。

「這是個自由的國家，」她終於說，「想說什麼就說什麼。」

「好吧……我們就從『沒有』發生的事說起好了。妳弟弟並沒有捲入某次滑稽的大麻掃蕩行動，而且儘管妳在我們上次面談時做出暗示——」

「我什麼都沒有『暗示』。」

「——他實際上並沒有出意外。妳母親認爲『妳』對他做了什麼——她一開始通報他失蹤時就是這麼告訴九一一接線員的，這也是她爲什麼在警察局攻擊妳。不過她也錯了。根據目擊者證詞，妳弟弟跟著一個男人一同離開社區農圃，那男人的外型符合剛假釋出獄的重罪犯，他是已被定罪的兒童性侵犯，還有謀殺兒童的嫌疑，他的名字是約翰・多爾。」

「兒童性侵犯。」醫生說，「但我很懷疑警方會在十四歲少女面前使用這個詞，尤其是已經深受罪惡感折磨的少女。他們可能只稱他爲壞人……或是壞猴子。」

她還是不肯抬頭看，不過她的嘴唇彎成苦澀的笑容。「第二五七號理論，」她說，「珍的精神病發作就從委婉用語開始。」

「妳來告訴我啊，珍：妳爲組織執行的所有任務都涉及對兒童或青少年的威脅，這只是巧合嗎？」

她沒有回答。

「我還發現另一件耐人尋味的事……」他一手按在文件夾上，「撰寫報告的警官：巴斯特・基頓・芬德里，他眞的叫這個名字……但妳的名字妳撒了謊，不是嗎？或者說，至少妳沒有完全吐實。夏綠蒂是妳的中間名，妳的全名是珍・夏綠蒂——」

「不要。」她說，終於抬起眼皮迎視他，「不要唸出來。那『不是』我的名字，這一點她已經表達得很清楚了。」

「她？」

「我媽。她叫我去打包行李之前說的最後一句話，就是叫我不准再用那個姓。這很荒謬，因爲那也不是她的姓，是我那天殺的老爸的姓，而她恨他的程度幾乎和恨我一樣深……但那不重要，她說。重要的是那是菲爾的姓，所以我不能用。她說如果她逮到我用了那個姓，她會宰了我：『我會把妳活活掐死。』這是她的原話。所以我沒有說謊。」

「好吧。但是妳一開始告訴我的妳弟弟和大麻田的故事，現在妳承認那是假的吧？」

嘆氣：「是啊，我承認。」

「而後來那些年妳和妳弟弟見面的事——他去西耶斯塔科塔看妳，還有妳回到舊金山後你們的互動——」

「都是眞的。」

「珍……」

「我是說，好吧，他不是眞的在，但我們之間的對話，他給我的建議……聽著，我『了解』菲爾。我或許不怎麼喜歡那個小混蛋，但我了解他，他是我弟弟，我知道他會長成什麼樣的人，假若……所以我和你說的那些對話都是眞的，都很『準確』。」

「但他不是眞的在。」

「對啦，好吧，是不在。」

「因爲他已經死了。」

「不！」她防備地說，「那『不是』眞的。」

「珍……」

「就連警方都不敢這麼說，他們一直沒有找到屍體，他們『什麼』也沒找到，而多爾——」

「珍，那個人涉嫌殺害另外兩個孩子。妳一定想要相信妳弟弟倖存下來，可是——」

「不！我是說，對，我想這麼相信，而許多年來我只能依靠信念而活，可是現在，現在我『知道』菲爾還活著。」

「妳怎麼知道的？」

「老天爺，」她說，「你以爲我費這麼大力氣對你講的故事，重點是什麼？」

「妳找到妳弟弟了？」

「對。」

「在拉斯維加斯。」

「對……只不過我其實不算找到他了，我是說我沒有『見到』他，但我知道他在這裡。而且我也知道他眞正發生了什麼事。」

「他發生什麼事了呢？」

「唔，多爾把他帶走了，這部分是眞的。而且多爾可能也眞的『想要』殺死菲爾，就像他殺死其他孩子那樣。但有人不允許他下手。」

「是誰阻止了他？」

「當然是其他壞猴子。」

「『其他』壞猴子。」

「慫恿他做壞事的那群人，」她說，「反組織組織。『軍團』。」

楚在拉斯維加斯市郊一間路邊餐館等我們。有個名牌上寫著「您好！我是珍！」的服務生帶我們到他的座位邊，然後等著懷斯拿定主意是要點藍莓煎餅還是巧克力碎片煎餅。我被晾在一邊，急著想問這三天以來一直困擾我的疑問；可是等服務生終於走開了，楚卻搶先開口。

「該是談一談妳弟弟的時候了。」他說。

「好吧，談就談。我們就從你知道他這件事開始。你從一開始就知道，對不對？」

「當然。」

「而你從沒想過要提起？例如說你招募我的時候？『對了，我們認爲妳會很擅長獵捕人渣的原因，是因爲其中一人抓走妳弟弟。』」

「其實那『確實』是我們認爲妳會表現優異的其中一個原因。」

「那爲什麼一個字都不提？」

「如果我告訴妳我們知道妳弟弟被綁架的事，妳會想搞清楚我們還知道什麼。那我就得說謊了，我並不想說謊，或是打消妳的念頭，那會讓大家都不開心。當妳可以稱心如意時，妳都已經夠難搞了。」

「你爲什麼得向我說謊？」

「爲了保障行動的安全。」

「你是指這次行動？這次行動和菲爾有關？」

「是的。」

「這麼說來菲爾他……他還活著？他平安無事？」

「他還活著。」

我一定暫時恍神了一會兒，因爲突然間那個叫珍的服務生就帶著我們的早餐回來了。她開始和懷斯聊糖漿的口味，我殺氣騰騰地瞪著她，說：「滾，馬上。」她走了，我轉回頭看楚：「告訴我一切。」

楚用叉子戳他盤中的蛋，讓蛋黃上多了個小孔。「omnes mundum facimus，」他說，「我們都製造了世界……而我們組織試圖讓世界變得更好。到現在妳是否已問過自己，世上會不會有『另一個』組織，致力於達成相反的目標？」

「什麼，有一群人想要讓世界變得更糟？不，那說不通。」

蛋黃破了，在盤子裡流得到處都是。「爲什麼？」

「他們能得到什麼好處？我是說，好吧，製造麻煩可能很好玩，而且有些人可以從破壞中得到高潮，但沒辦法憑這些建立起一個組織。壞人只會爲了錢或是權力而組隊合作。」

「妳是說邪惡只是達成某種目的的手段，它本身從來就不是目的。但若邪惡不只是人們給反社會行為貼的標籤呢？如果邪惡是這世上眞實運作的力量，能吸引人來為它服務呢？」

「我已經告訴過你了，我不信上帝。」我急著切入重點，於是又說：「可是我又懂什麼呢？你剛才說有一個反組織組織？」

「確實有，」楚說，「我們認為它『一直』都存在，儘管可能有不同的形式。以它最新的化身而言，它自稱為『軍團』。」

「軍團？猴子軍團的軍團？」我剛開始笑，又想起一件事：「阿洛．戴克斯特的筆記本。」

「對。我們一直不確定這是不是巧合，可是我們找回公事包後，就明確知道是軍團招募了戴克斯特。」

「好吧……可是這和我弟弟有什麼關係？」

「加入軍團的人並非都是自願的，」楚說，「步兵和後援人員都是志願者，但在每個我們明確辨認出軍團領袖身分的案件中，最後都發現那個人是小時候就被綁架的受害者。」

「等一下……」

「《聖經》說如果訓練一個孩子朝某方向發展，等他長大了，他就再也不會背離那個方向。或許軍團也信奉這套哲學，便從孩子的童年期開始培養他成為領袖，以確保他的忠誠。不過我們認為他們偷走孩子把他們變成惡魔的眞正理由，是因為這種做法太卑劣了。」

「你是在告訴我，我弟弟是隻壞猴子？狗屁！菲爾是個好孩子。」

「他當然是。引領一個『壞』孩子走上邪路哪裡算得上什麼邪惡的成就……妳弟弟現在是軍團的高階成員，所屬單位相當於我們的成本效益組。」

「唔，首先，我不相信你。」我說，「第二，我沒忘記我的工作內容。如果你認爲我會殺了我的親弟弟……」

「我們並沒有要妳殺了他，我們要妳幫我們找到他。」

「是啊，好讓『別人』殺了他？抱歉，我不幹。」

「妳弟弟長大後成了一個非常危險的人物，珍。奧茲曼迪亞斯任務——謀殺客戶、破壞設施——都是他的傑作。」

「才不是！是『你』的手下卡爾頓幹的。」

「雅各．卡爾頓被軍團蠱惑了，」楚說，「或許我們確實要爲容許那種事發生而負一部分責任。但他收到的最終命令來自妳弟弟。」

「好吧。但你不想因此『殺死』菲爾，你只想——」

「我們希望能阻止他。妳弟弟是軍團最有謀略的戰術家，讓他們失去他的貢獻就等於一大成就。但是我們——我——還想達到更高的成就。我想試著拯救他。」

「拯救他……你是說給他反洗腦？」

楚點點頭。「我醜話先說在前頭：成功機率微乎其微。據我們所知，軍團的教化手法非常徹底、非常難以破解。妳弟弟可能寧死也不要被救贖。可是由於他現在走的路不是他自己選的，救贖的可能性仍然是有的。我想要給他這個機會。」

「萬一他不想要這個機會呢？假設我把他活捉回來，而他叫你的救贖滾蛋，接下來會如何？你會放他走？」

「不，如果他眞的已經無可救藥，我們顯然不能放他走。但也不必處死他。我們可以無限期地限制他的行動。」

「你是說把他關在某個地方？我以爲你們不會——」

「這不是我們對待無可救藥者的一貫政策，這樣做會占用資源並製造安全問題。但如果情況許可，我們可以這麼做。所以，妳怎麼說，珍？妳要幫我們救菲爾嗎？」

我當然要說好。我只是需要一點時間讓腦袋跟上進度，消化一下他告訴我的所有事。但我想楚把我的遲疑視爲不確定。

「還有另一個因素妳或許該列入考慮，」他說，「我們選中妳來執行這項任務，是因爲我們相信只有妳最適合把妳弟弟引出來。」

「你是說你們覺得我是很好的誘餌。」

「對，而且已經有證據顯示妳弟弟快上鉤了。」

「什麼證據？」

「奧茲曼迪亞斯任務。聽說妳對劇本很不爽。」

「你是說懷斯和我有個叫菲爾的兒子那件事嗎？對，我很不爽。」

「嗯，這個嘛，那不是我們寫的。你們兩個『確實』應該扮成夫妻，但我們在成本效益組擬的劇本根本沒提到垂死的兒子或不聽話的女兒。」

「所以有人在懷斯拿到劇本前改寫過了……而你認爲是菲爾幹的？」

「更可能是替他做事的臥底探員。」

「他的重點是什麼？他想告訴我什麼？」

「顯然他知道妳在替我們工作，他可能藉由這種方式讓妳知道他知道了。也許他想吸收妳，或是……」

「或是什麼？」

「妳要知道，妳弟弟接受的教化過程應該是很令人不愉快的。所以儘管他現在是忠心耿耿的軍團成員，也不表示他對自己一開始落入軍團手中感到感激涕零。」

「你是說菲爾很『氣』我？」

「如果是的話，妳能怪他嗎？」

「我……不，不能。不過他要是想報復，爲什麼要等到現在？」

「也許他覺得妳加入組織之前過的那種生活，已經滿足了他的報復心吧。重點是：我們不能強迫妳接受這項任務。但是不管妳弟弟有什麼計畫，拒絕他可能都不是簡單的事。」

「唔，那對你們來說還眞是順理成章啊，不是嗎？」

「別誤會，就算妳拒絕我們，我們也不會把妳丟給軍團處置。但妳眼前最好、最安全的選項就是和我們合作……還有補償的概念。我不知道妳有多在乎這方面的事，可是——」

「補償？我讓壞猴子股份有限公司偷走我弟弟，我要怎麼補償？」

「把他偷回來。妳願意接受嗎？」

說得好像我有選擇的餘地似的。「我們從哪裡開始？」

「從綁架他的人開始。約翰．多爾。」

「『他』還活著？」

「我們並不是沒試過取他的命。」楚說，「多爾綁架妳弟弟前幾個星期，他是一項壞猴子組任務的目標。他在一次處決攻擊中倖存，之後他綁架了菲爾，便徹底消失了。那是我們第一條線索，懷疑他不只是單打獨鬥的惡人。從那之後這幾十年，他每隔一段時間會現身一陣子——通常是為軍團執行任務——在我們鎖定他之前又會消失無蹤。幾天前，多爾登記入住賭城大道上的威尼斯人酒店……」楚把一份縐巴巴的《拉斯維加斯密報》放在桌上。在「賭場客人協助追緝行動」的標題底下，是一張我二十三年前曾在警方的嫌犯大頭照中看過的臉。現在多爾的頭髮已經白了，也缺了幾顆牙，但毫無疑問是他沒錯。

我的手心突然開始冒汗。「你是什麼時候發現他的？」

「幾乎立刻就發現了。」楚說，「畢竟這裡是罪惡之城：我們在賭城大道的監視系統涵蓋範圍比賭場的監視系統還要全面。而且他是用本名登記入住的。」

「聽起來我不是唯一被當作誘餌的人。你知道他住幾號房？」

「他住頂樓套房。」

「那好吧，我們去找他……」

從頭到尾都在默默吃他的煎餅的懷斯，現在放下叉子，清了清喉嚨。「別急，」他說，「去威尼斯人之前，我們要先去一下哈拉斯賭場酒店。」

「去幹嘛？」楚問，他看起來有一點不快。

「拉弗想要見她。」

「拉弗是誰？」我問。

「我以爲我們都同意不必接受這類干涉。」楚說。

「我不知道『你』同意了什麼，」懷斯說，「但我是直接接到老大的命令。拉弗對奧茲曼迪亞斯行動的最終結果不太滿意，我們要繼續下去之前，他想先確認她。」

「他就不能昨天或是前天見她嗎？」

「他的行程很滿，現在是他有空的時間。」

「拉弗是誰？」我重複道。

「騙子老大，」楚說，「恐怖小丑組的頭兒。」然後對懷斯說：「好吧，我們去見他。」

「不是『我們』。拉弗想要單獨和她談。你想的話可以在賭場等，但她要一個人去樓上的馬吉特套房。」

到了這個時候，楚已經氣到我從沒見過的程度。他向懷斯叨唸這種事他完全不能接受。懷斯面不改色地聽著，好像他知道楚在形式上非抱怨不可，哪怕事實上他改變不了任何事。

來替我們收盤子的服務生換了一個人。結完帳後，懷斯急著走，不過我們走出店門後我沒繼續待在他身旁，而是跟著楚走到他的車子邊。

「什麼是馬吉特套房？」我問他，「還有懷斯說拉弗想要確認我是什麼意思？我又要接受示播列測試了嗎？」

「我不知道。」楚餘怒未消地說，「妳可能看得出來，這件事沒人先問過我的意見。」

「唔，那好吧，我們不要鳥他，直接去威尼斯人酒店吧。」

「不行，那樣行不通。」

「珍！」懷斯喊道，「走吧！」

「楚……」

「不行。」他堅定地搖頭。「跟他去吧，我晚點再與妳會合。」

我看得出來再怎麼爭辯也沒用，所以不情願地讓他走了。我走回休旅車，聽到楚上了他的車、發動引擎，然後開走。引擎聲剛開始遠離，大地再度變色。

這次我離爆炸夠遠，所以沒有跌倒，只是踉蹌了一下。我重新站穩腳步回頭看，看到楚的車在馬路中間慢慢停下來，所有窗戶都沒了，駕駛座上也沒有人。

我奔向休旅車。懷斯讓車門敞開著，正伸手拿什麼東西。他握著一把消防斧下車。接著他鬆手放掉斧頭並倒在地上。

「懷斯？」我蹲下去檢視他的狀況，然後感覺到有另一個人在場而抬頭看。可是停車場空無一人。

不，不對。我左手邊大約五公尺外，空氣似乎波動了一下，有個人就這麼……平空出現。是珍，那個服務生。她把制服換成了黑色牛仔褲和T恤，衣服上有一張山魈臉孔的絹印圖案，她手裡拿著一把橘色手槍。

我跳起身，舉起我的手槍瞄準，但空氣再度波動，突然間她已不在五公尺外，而是近在我眼前。她把我的槍往旁邊拍，迅速戳擊我兩下，讓我無助地跪在地上。一隻手抬起我的下巴，一把塑膠手槍的槍管抵住我額頭。

「歡迎來到拉斯維加斯，珍，」她說，「小弟向妳問好。」

她扣下扳機。

世界消失了一會兒。等它回來時，我已經躺在停屍間，腦袋上開了一個洞。至少那是我第一個念頭：我直挺挺地躺在又冷又硬的表面上；我動彈不得、目不視物，而且頭痛得比我經歷過的任何頭痛還要厲害一百倍。

兩百年過去了，我等著有人割開我的胸膛或是把我丟進棺材。後來頭痛減輕了一點點，我又能看見東西了——看得不怎麼清楚，但足以知道我的眼睛還在。我手臂恢復了知覺，我用手摸了摸我躺的地方。它不是金屬板，厚嘟嘟的，包覆著某種硬挺的皮革：是一張皮沙發。我舉起手來摸頭。我的頭很痛，不過也還在。

現在我知道我的大腦不會漏出來了，便開始試探地左右擺頭。這時候我看到那個小丑。他大約有兩百七十公分高，戴著歪向一邊的錐形帽，身穿領口和袖口都有花邊的絲質服裝。他的臉塗成白色；左眼底下畫了一滴黑色眼淚，嘴巴塗成邪惡的紅色笑容。他就站在沙發一端，在我身後俯向我，姿勢好像他準備彎下腰來咬我的臉。

我一看到他就彈起來。倉促間混亂和疼痛交雜，下一秒我已經到了沙發的另一端，使盡全力放聲尖叫。尖叫使我的腦袋像被許多針刺入，但那個小丑沒有反應，只是斜睨著我，等我喊到快沒聲音時，才發現他是固定在木頭基座上的人偶。

我慢慢轉頭打量四周，生怕還有更多驚喜。這個房間是用老式瓦斯燈來照明的，火苗調整成恰好足以投射出陰影的強度。這些瓦斯燈不是唯一的古董：壁紙、小地毯和大部分的家具看起來都像是來自維多利亞時期的商店。唯一的例外是電視，很不顯眼地放在角落，上方有一張褪色海報，宣傳「哥倫布紀念博覽會」。

這裡沒有窗戶，我能看到的唯一出口是一組雙扇門。我想衝向那裡，但唯一的路線是從小丑人偶旁邊經過。

電視開了，呈現出藍色螢幕。它帶來的光線比所有瓦斯燈加起來都亮，藉著這光我才看到有個人影坐在一張翼狀靠背椅陰暗的空洞裡。我有種預感那「不是」人偶。

「菲爾？」我輕聲說。

人影傾向前，厚玻璃鏡片在藍光中閃爍。「再猜一次。」

「狄克森……你是軍團的人？」

他歪了歪頭，鏡片跟著傾斜。「真有趣的問題，我正打算問妳同樣的話。」

「你是說你也是囚犯？」

「囚犯？」

「是啊，這裡難道不是……這是哪裡啊？」

「馬吉特套房。」

「恐怖小丑組的總部？在哈拉斯賭場酒店？」

「這星期是。」

「所以軍團沒有抓走我？那到底出了什麼事？爲什麼我的頭這麼痛？」

「妳被ＮＣ槍射中了。」

「是啊，我知道，但猝睡症不應該帶來疼痛。」

「的確。妳是中了妳自己的內分泌系統的毒，它帶來的效果在表面上很類似吸毒過量。」

「那懷斯呢？」

「當場死亡。他被主動脈剝離擊中，引發內出血。」

「NC槍沒有那種模式。」

「組織發的NC槍沒有，」狄克森說，「而且一般而言組織的探員不會在車子裡裝山魈炸彈，或是請暗中護衛的安全小組吃加了番木鱉鹼的蘋果派。這帶我們回到妳的忠誠問題上。」

「你認爲是『我』做的？」

「妳是這場小型屠殺中唯一的生還者。妳可以說我有點懷疑吧。」

「所以我朝自己開槍？用什麼槍？」

「我們找到妳時，妳手裡握著軍團配給的NC槍，妳的手指還扣著扳機呢。」

「不，不可能，那不是我的。」

「當然不是囉……告訴我，妳自己的武器是有什麼問題嗎？爲什麼妳老是在用別人的槍？」

「一定是她朝我開槍之後又嫁禍給我……」

「她？」

「珍，我是指壞的珍。」

「壞的珍……我猜猜，她只在妳生氣時才會出現。」

「她是個服務生，你這混蛋。在那間餐館……她爲我們送來早餐，可是在我們結帳前她已經不知去向。她一定比我們早離開，在楚的車上裝了炸彈。然後她拿著槍來對付我和懷斯……拜託告訴我只可眼觀錄到一些端倪。」

「在你們到之前不久，那間餐館裡所有的只可眼觀裝置都故障了。」狄克森說，「但我們確實設法取得來自店外的錄影畫面。」

電視螢幕上出現停車場的畫面。拍攝的角度很高，大概是從廣告看板上拍的，畫面中心是休旅車。懷斯站在駕駛座旁邊叫我的名字……橘黃色光芒一閃，接下來是一陣靜電噪聲，然後懷斯便伸手拿他的斧頭。我跑進畫面中。好，根據我的記憶，我到這時候才伸手掏槍，可是影片中的我卻已經拿著槍對準正前方。懷斯抽搐了一下並倒地。

「給我等一下，」我說，「事實不是看起來那樣……」

螢幕中的我蹲在懷斯的屍體邊，檢查他脈搏，然後抬起頭。

「好了，仔細看，她要出現了……」

但影片在這個節骨眼中斷了，電視回到藍色畫面，畫面中還打上「訊號受到干擾」的字樣。

「喔，拜託！」我大叫，「搞什麼鬼啊，攝影機只有在抹黑我時才能用嗎？」

一陣音調很高的笑聲咯咯地充滿房間。「她說得有理，狄克森。只可眼觀最近實在不太穩定啊。」

那個小丑人偶活了過來，走下它的基座。即使雙腳都踩在地上，它還是非常高。

「當事情牽涉到軍團時，這種情況也不算不尋常。」狄克森說。

「嗯，我想也是。」小丑說，然後他對我點點頭。「歡迎來到我的領地，珍．夏綠蒂。我叫羅伯．拉弗。」

「這不是我幹的，」我說，「我被設計了。我弟弟——」

「妳弟弟的事我全都知道。已經有好一段日子他都是我背上的芒刺。」

「是啊，菲爾有這種本事。而且他在生我的氣。而且——」我指著狄克森，「——『他』也不喜歡我。不管他對你說了什麼——」

「我知道狄克森先生不喜歡妳。你也不喜歡我，是不是，狄克森？」他豎起一根手指輕點眼睛下方的淚滴，嘟著嘴說：「你對拉弗（Love）沒有愛（love）……不過話說回來，感情豐富不是審問者的職責，不是嗎？」

「聽著，」我說，「就算我要安排一場攻擊行動，爲什麼要這麼編？我是說，幹嘛用一把沒辦法處理掉的槍來射自己？那有什麼合理的解釋？」

「看起來確實挺愚蠢的。」拉弗承認，「不過有時候邪惡是很狡詐的……也許妳說的是實話，妳被人設計了。也許有人刻意要我們相信妳被設計了，因此我們就會信任妳，看不出妳其實爲軍團效力。」他故作姿態地撫摩下巴。「眞是難解之謎……妳是好的珍還是壞的珍呢？」

「你要我怎麼做？我能怎麼證明自己的清白？」

「這是重點，不是嗎？妳弟弟非常擅長操弄別人的觀點，這也是軍團如此倚重他的其中一個原因。如果他決定毀掉妳的名譽，像是現在這樣，妳可能什麼也做不了。」他嘆口氣，搖搖頭。「邪惡……狡詐萬分的邪惡……妳知道，我也曾經差點走上邪惡之路……」

「那很好啊，」我說，「不過重點回到我身上——」

「那是我年輕時的事。我在沙漠裡長大，離這裡不遠。有個會體罰的嚴格父親，還有逆來順受的母親……嗯，我就不讓細節害妳打哈欠了。總之就像他們說的一樣，我有些心結。等我終於脫離柏克萊以後，我就像脫韁的野馬。」

「你讀過柏克萊？」

「怎麼，妳覺得我更像耶魯人嗎？」

「你的——」我眞不敢相信我在問這個，「——你的主修科目是什麼？」

「藝術。戲劇。還有其他幾個。不過我想應該這麼說：那幾年我的主要目標就是找出各種新奇方法來操爆我的肝。還有惡作劇。我在柏克萊算是很討喜的惡作劇大王……後來我大四——延畢第三年的大四——讀到一半時，我父母在一場車禍中喪命。他們留給我一大筆錢，還有七百畝的牧場。那片土地幾乎全是灌木叢，不過房子倒是挺不錯的，所以我就回家了。我有些模糊的想法，想用那塊地來進行表演藝術，或是展示一些裝置藝術——在牧場的偏遠角落建立我自己的巨石陣，進行德魯伊儀式——但這些計畫還沒有任何進度時，我又想到新的惡作劇而分心了。」

「我在大學裡最好的朋友總愛說些他曾被外星人綁架的故事。妳可能以爲高級知識分子會一笑置之，但他非常有說服力，有好幾次，他不但說服聽眾相信『他』眞的被綁架過，還讓他們懷疑『他們』是不是也被綁架過。」

「有一天我在牧場裡，問自己是不是能從這件事的基礎上再進一步發展：蓋一個密閉的布景，設計成外星人太空船內部的樣子。然後出去找一些人——車子拋錨的人，或只是酒喝多了的酒吧常客——設法把他們弄昏，帶他們回來放進布景中，然後對他們做一些事。」

「當然，這是很惡劣的主意。如果做得太過火，甚至稱得上邪惡。我試著想辦法讓這事不惡劣……我心想，如果你只對『壞人』下手呢？殺人犯、盜賊，活該要被嚇破膽的人。可是無可避免地，我的幻想也轉向其他類型的人……譬如說在偏僻道路爆胎的漂亮女孩，看到天空出現一道奇怪的光。當她在太空船裡甦醒，她不會只有一個人。會有另一個男人和她在一起，也是被綁架的人，大學生年紀，和她一樣害怕，他們會一起探索太空船，看看接下來會發生什麼事……」

「你的那些心結，」我說，「會不會剛好和性有關？」

「有些是。」拉弗咧嘴一笑。「我聽說妳自己也有類似的心結……總之，我決定儘管我當然無法實行這個惡作劇，至少總可以眞的把這太空船蓋出來吧。我把它稱之爲我的螞蟻養殖場，因爲重點在於把活的東西放進去，看看他們會怎麼樣，也是因爲……咱們就老實承認吧，這說穿了就是個小男生的玩具。」

「所以我就蓋了太空船，然後，因爲我還是沒準備好承認我『確實』打算使用它，我又蓋了其他的螞蟻養殖場：放射性落塵避難所；死刑犯牢房。還有花了最多心思的：一層沒有出口的維多利亞時期旅館樓房。」

「這些都很花時間，而我大部分時間都徹底孤單。當一個人脫離人類社會那麼長時間，尤其是還中了某種毒，一般的道德禁忌便開始失去影響力。你不會否定邪惡這種概念存在，而是會開始覺得這概念是可以接受的，甚至有其吸引力。你開始沉迷其中：你會忽略後果，把焦點集中在樂趣的部分。」

「但是原來我並不像我以爲的那麼孤單。我與外界剩下的唯一連結就是柯門鎮，我會去那裡採買生活用品。我買東西時都付現金，我會把零錢放進幾個大罐子，罐子擱在工作室的高架子上，我在那裡設計螞蟻養殖場。其中一個罐子裡有一張……特別的一元紙鈔。鈔票背面的金字塔能看見我在做什麼。組織注意到我。事情可能就在這裡畫下句點，也就是我默默地死於心臟病或中風，只不過被分配到處理我的案子的成本效益組年輕探員——鮑伯．楚——對於思想和作爲之間的差異有些頗爲……開明的想法。再加上一開始對我起疑的環形監獄組探員——鮑伯．懷斯——唔，說到賜死人，他不像楚那麼猶豫，不過他確實認爲我的螞蟻養殖場可能是蒐集情報的有利工具。」

「所以他們沒殺我。他們決定研究我。他們在我的螞蟻養殖場周圍建造螞蟻養殖場。柯門鎮，他們把它買下來，那沒有妳想像中困難。它……對了，妳青少年時期住的那個鎮叫什麼名字來著？原文的意思是『小睡一下』的那個？」

「西耶斯塔科塔。」我說。

「對，」拉弗說，「和柯門比起來，西耶斯塔科塔簡直就是大都會。柯門只是個有加油泵浦和郵筒的酒館而已。組織把它買下來，引進他們自己的人。那天晚上我終於去那裡尋找可以放進螞蟻養殖場的螞蟻，而他們正等著我。」

「場景布置得很完美——太完美了。他們找了替身來扮演我可能認識的所有酒館員工，吧檯邊則坐著一個稍有醉意的漂亮女孩，看起來完全就是我幻想中的模樣……她對我微笑，鼓勵我坐到她身邊，就在那一刻，我意識到兩件事：第一，我走進陷阱了。第二，既然我打算做的事顯然是邪惡的，那麼設陷阱的人一定就是善良的。原來善良的人也可以耍詐，這對我來說是新的領悟。」

「嗯哼，」我說，「所以那時候你就看見光明了？」

「這不完全像《聖經》裡掃羅要去大馬士革時看到光一樣，」拉弗說，「但那是很重大的神明顯靈的感覺。所以我看著那個一點也不無助的無助美女說：『我投降。』」

「結果他們就讓你『入夥』？」

「唔，並沒有那麼簡單。從那一刻到這一刻之間是一段漫長而崎嶇的路，而我在路上給了楚不少機會後悔他對我的寬容。不過到最後，是的，我在這裡主掌馬戲團。」

「之所以告訴妳這些，」拉弗繼續說，「是因爲我要妳知道我『了解』邪惡。我曾身陷邪惡中，曾感覺到它的吸力，而且幾乎屈服了。」

「我能理解，但我絕不寬恕。我知道我很幸運，當年組織若除掉我也是正確的。要是我就去做了，對那個漂亮女孩做了我打算做的事……那死得乾脆對我來說已經是種仁慈了。」

「所以或許妳是好的珍，我們暫時會根據這樣的假設繼續進行下去。如果妳『眞的』是好的珍，一切都不會有事：軍團若是想玩陰的，我們會讓他們看看什麼才叫玩陰的。」

「但如果妳是壞的珍呢？如果現在妳在對我們撒謊，如果妳手上沾著楚或懷斯的血，哪怕只有一滴……在我們結束之前妳就會哭出來。楚很開明；懷斯很有耐性，我兩者都沒有。妳都明白了嗎？」

「是啊，」我說，「我應該掌握基本原則了。」

「很好。」他臉色變得開朗，朝我伸出手——好像我在聽完他的故事後還有可能碰觸他似的。「我們去隔壁房間吧。來談談戰術……看看我們能拿妳的弟弟怎麼辦。」

白色的房間 VII

在白色的房間裡，桌上擺著最後一件道具。

「你從哪裡拿來的？」她問。

「芬德里警官那裡。」

「你找到他了？」

「並不難，」醫生說，「他已經退休了，但他在領退休金，所以檔案裡有他的地址。我認爲他是值得我聯絡的人。我認識的警察大部分都在職業生涯中累積了幾件案子，是在案件正式結束後還纏擾他們許久的。以芬德里警官而言，我從一些跡象知道妳的案子正是那一類陰魂不散的案子。」

現在她警覺起來了：「他告訴你什麼？」

「妳知道，即使妳母親知道約翰・多爾的事之後，她還是把妳弟弟被綁架的事怪在妳身上。她不光是指責妳不負責任：她相信妳是故意把妳弟弟留在農圃裡，就像妳以前多次拋下他不管一樣，而且妳『希望』他會出事。」

「我媽腦袋有問題。」

「她發表了一些令人詫異的言論。社工人員覺得她有被害妄想症，芬德里警官也想附議，但他身爲巡警的直覺告訴他先別太快否定她。所以他自告奮勇要載妳去妳姑姑和姑丈家，並不是出於善心——他是想增加和妳相處的時間。」

「那個王八蛋……他眞的以爲我『想要』菲爾被綁架？」

「他不確定。不能確定讓他很苦惱。不幸的是，那一趟車程並沒能使他做出結論。他說妳『看似』是一個正常而滿腹煩惱的女孩——妳犯了個無心之過，現在正吃力地鼓起勇氣對抗自責，以免被它活活吞噬。他說，通常他會擔心妳傷害自己，尤其是如果妳弟弟被發現身亡。但他甩不掉那種妳在隱瞞什麼的感覺，他不禁揣測妳的自責會不會只是演戲。」

「所以他回去找妳母親。她重申她的論調：妳是個『邪惡』的孩子，妳恨妳弟弟，妳刻意把他置於險境好除掉他。」

「如果我這麼邪惡，」她說，「她爲什麼要叫我『看顧』菲爾？我是說，讓自己的怪物女兒擔任她想殺掉的弟弟的保姆，天底下有這種事嗎？」

「芬德里警官也這麼問她，她說她別無選擇——身爲一個要上班養活兩個孩子的單親媽媽，她請不起眞正的保姆……」

「喔，還眞會說。她爲什麼不乾脆弄一隻比特犬來看著菲爾？聽說牠們和小孩子處得可好呢。」

「她也說她一直不想面對妳的眞實本性。她說妳當然不是什麼天使，這一點她一直都很清楚，但直到現在她才看出妳是個魔鬼。」

「芬德里警官相信她的話？」

「不，」醫生說，「他覺得那是一派胡言。他正準備承認社工人員畢竟才是對的，妳母親又說了一件事。」

「她說她早該知道會發生這種事——她早已收到明確的警告，她永遠不會原諒自己沒把它當一回事。芬德里警官問她在說什麼，她說妳弟弟被綁架的前一天，你們三人一起去了趟郵局。妳母親把你們姊弟留在大廳，她去排隊辦事，而等她回來時，妳弟弟在哭。顯然他被什麼事嚇壞了，但他不肯說是什麼，妳也不講。當天晚上，他尖叫著從睡夢中驚醒。她再次問他出了什麼事，他說那個替吉普賽人蒐集小孩的男人要來抓他了。『珍給我看了他的臉。』他說。」

「聽起來像是更多妄想，但芬德里警官去郵局查探時，發現這個用圖釘釘在大廳的布告欄。『珍給我看了他的臉……』」

她沉默許久，然後問：「他有向我媽說這件事嗎？」

「沒有，」醫生說，「她可能已經看見了，但如果沒有，他不認爲有必要讓她更沮喪。那又不是什麼證據——至少不是他能使用的證據。但妳能理解爲什麼即使警方已經放棄追捕多爾，他還是留著這個。妳也能理解幾天前我聯絡他時，他爲什麼立刻就知道我指的是哪個珍……所以，珍，妳怎麼說？這件事如何套入妳告訴我的故事？還是根本就套不進去？」

「當然套得進去。」

「眞的嗎？因爲我感覺故事已經快結束了。這件事不是應該擺在開頭嗎？」

「當然，前提是我很誠實……我很想忘記這一切，你知道嗎？忘記菲爾的遭遇，甚至忘記我有個弟弟。唔，我做不到。我變得很擅長用謊言粉飾，但那和忘記不一樣。可是這個……」她朝著桌上那張紙點點頭。「我幾乎成功忘了這個。我以爲我是唯一知情的人——我是說除了菲爾之外。不過我後來才知道，不是只有環形監獄組才會留意惡劣行爲。」

「妳又把我搞糊塗了，珍。」

「聽下去就對了，」她說，「我快要講到那裡了。」

好的珍與壞的珍

拉弗終於放我走之後，我下樓來到街上，在路邊做了好幾次深呼吸，直到我百分之百確定我真的出來外面了，真的在賭城大道上，而不是馬吉特套房的螞蟻養殖場延伸場景。最終說服我相信這一點的不是空氣品質，而是在人行道上不停碰撞我的觀光客數量，我猜就連組織都請不起那麼多的臨時演員。

那時接近傍晚，至於是「哪一天」的傍晚就很難說了，不過那不重要：我有工作要做。環形監獄組已經確認約翰．多爾人正在他威尼斯人酒店的套房裡，該是去會會他的時候了。我融入往北走的行人人潮，經過皇家賭場來到假的總督宮。

威尼斯人酒店內的人群之間，點綴著小丑、臉塗白的義大利默劇演員以及丑角。他們沒有一個人對到我的眼神，但我知道他們在看——當我開始沿著商店街走向大運河時，經過我身邊的默劇演員握住我的手肘，把我轉了半圈，推我回到電扶梯的方向。我搭電扶梯往下，找到旅館大廳，有個紅髮旅館服務生（模仿博佐小丑的造型，長髮往左右兩邊梳）等著把鑰匙卡悄悄遞給我。

我一直到進了電梯，才真的讓自己思考我馬上要和誰見面。我拿出ＮＣ槍，確認了兩次它是設定成猝睡症模式。「千萬『不要』亂撿別的武器。」我提醒自己。

電梯抵達頂樓。我找到多爾的套房，用鑰匙卡開門，踏進一個比大部分旅館的客房還要大的玄關。牆壁和天花板都鑲著鏡子，地板是光滑的大理石，所以不管我往哪個方向看，我都看到無數個珍拿著她們不敢發射的無數把ＮＣ槍。

我順著走廊走到底，來到一間巨大客廳，那裡有更多會反光的表面：另一面鏡牆；一排俯瞰賭城大道的落地窗；各式各樣玻璃和大理石材質的桌子和櫃子。不過我目光被地上的屍體吸引，由它向四面八方漫開的血跡已經乾涸到像是黯淡的油漆。

約翰．多爾的喉嚨被割開了，他的臉、手掌和胸部都遍布刀傷。他的腿彎曲著壓在身體底下，好像他原本跪著，後來往後倒下。想到他是在苦苦求饒的狀態下死去的並沒有讓我替他難過，可是若考慮到要審問他，這顯然是個問題。

我在口袋裡摸找通訊裝置時，感覺到室內有動靜。我抬起頭，看到鏡牆中反映出類似錯視現象的影像：我站在多爾的屍體旁邊，而我上方稍靠後方的位置，有第二個珍頭下腳上地從天花板往下延伸。我轉過身抬頭看；果不其然，壞的珍就在那裡，她站在天花板上，頭髮和外套都向「上」垂，好像地心引力只爲她一個人逆轉。「哈囉，又見面了。」她說，而我還努力想搞清楚狀況；她伸出手，用雙手握住我的頭，猛地扭了一下。

我醒來時全身癱軟地坐在椅子裡，面向著鏡牆。多爾的屍體在我腳邊，我的ＮＣ槍在我右邊桌子上，我很容易就能拿到，如果我的手能動的話。壞的珍在我後面，現在她像正常人一樣站在地上，只不過她並不正常：我從鏡子裡看著她，她不斷波動、消失、現身，就像她在餐館停車場時一樣。

「妳的脖子還好吧？」她說，維持實體的時間久到能用涼涼的手觸摸我的頸靜脈。「希望我沒有下手太重。要是我造成永久傷害，菲爾一定很生氣。」

我的手不能動，但嘴巴還能動：「妳是他媽的什麼東西？」

「什麼，妳不認得妳邪惡的分身？還是妳是指這個？」她擠擠眼睛，同時消失不見。她的聲音由空氣中傳來：「是藥的作用，珍。」

「妳給我下藥？」

「不是妳，天才。是我。」她回來了，半蹲在我身後，下巴擱在我肩膀上。「狀態變化理論，珍。還記得嗎？」

我記得。

狀態變化理論，那是柏克萊的哏。她一定也讀柏克萊。世界還真小。

「什麼是狀態變化理論？」

是個嗑了迷幻藥的人才會想出的蠢主意，探討意識和現實之間的關係。好，以前有個瘋狂的傢伙，一個殘存的花派嬉皮，常常在校園裡晃蕩。他手上有很棒的大麻，他也願意分享，可是就和救世軍一樣，你得先聽他布道才能領取免費的湯。所以這傢伙會滔滔不絕傳述他的理論，說只要你對現實的觀點改變了，現實對你的觀點也會相應改變，之類的……

「人嗑藥嗑茫了就能改變物理法則？」

簡單來說就是這樣。不用你說，就是這類瘋狂的邏輯讓人以為自己會飛而跳樓。但這個傢伙花了很多時間精鍊他的假說，如果你指出地心引力才不在乎你怎麼看它，他會說這類對應不是一對一的，意識顯然比真理更有彈性，所以你需要在觀點上有很大的改變，才能在現實中製造一丁點變化。換言之，普通的毒品藥效通常不夠強，沒辦法讓你變魔法。但他聲稱聽到風聲，說有另外一個等級的強力毒品，叫作X毒。他說有了X毒，你真的「會」飛、扭曲時空，甚至回到過去改寫歷史。

「所以壞的珍——」

——是在告訴我軍團手上有X毒。我原本可能一笑置之，但她忙著展示她的超能力。

妳有沒有想過其實被下藥的人是妳，而所謂的「展示超能力」只是一種騙術？

我當然有想過，但重點是，我「感覺」自己沒被下藥，我感覺很清醒。相信我，我懂得分辨。

「我相信。可是根據妳自己的說法，這個時間點妳還在從用藥過量中恢復。」

是「類似」用藥過量。我並沒有——

「類似歸類似……而且妳剛被打昏第二次。」

我知道，但事實仍然是「她」才是處於興奮狀態的人，不是我。

當然，我還是試著否定她：「妳放屁！世界上沒有X毒這種東西！」

她笑了，消失，然後又回來。「妳眞的要浪費時間假裝妳不相信我嗎？」她說，「還是我們可以開始談正事了？不然約翰・多爾都要發臭了。」

「什麼正事？菲爾想要我怎樣？」

「我們會談到那個的，不過妳先看一下那幅畫。」

我後方的牆上掛著一幅文藝復興時期的貴族肖像。壞的珍像調整照相機一樣調整我頭的角度，讓我對準肖像在鏡中的倒影，然後把我的視角拉近放大，直到我能看清每一筆顏料畫上去的痕跡。繼續拉近，我開始看出來，肖像的眼睛周圍有非常隱約的鏡片輪廓。

「環形監獄組。」

「對。」壞的珍耳語，「他們在看。他們『以爲』他們在看。他們知道我們能阻斷他們的訊號，但他們不知道——噓！不可以說喔！——我們還可以用『假』訊號取代。妳想知道我們現在給他們看的是什麼畫面嗎？」

我的視角再度拉遠，直到我能看見整面鏡牆。它閃了一下，突然間，鏡影中的約翰・多爾又活了過來，他跪在我面前。我用ＮＣ槍指著他的胸膛，逼他動也不動地任由我拿刀劃傷他。

「哎唷！」壞的珍說，因爲我的鏡影在多爾的頭皮上狠狠割了一下。「妳知道，我不知道拉弗給妳的命令是什麼，珍，但我確定他沒叫妳做『這個』……」

多爾再也忍受不了疼痛，身體開始躲開。我的鏡影沒有朝他開槍，而是彎下腰去割他的喉嚨。血像噴泉一樣從傷口噴出，同時椅子上的我感覺到眞的有濕濕的東西噴到我身上。

「糟糕！」壞的珍說，「妳做這件事的時候眞的應該站在那人『後面』……」她咂著舌頭，鏡子裡的畫面消失。「妳覺得狄克森現在在想什麼？」像是回應她的話，遠處傳來電梯抵達的「叮」一聲。「哎唷，這下不妙……」我聽到套房最外側的門被猛力衝開，一串腳步聲在鏡廊裡迴蕩。「好了，珍，換妳上場。腦筋動得快一點。」

她用力一拍我的頸後，我的手臂和腿又有感覺了。我撲過去拿槍，可是等我在椅中轉過身，她已經消失，我發現我拿槍指著兩個丑角。他們的武器是喇叭：長度和來福槍差不多，前端是黃銅材質，後頭有可以捏的橡皮球。

「放下武器，珍。」領頭的丑角說。接著他一拍腦門，動脈瘤剝離而倒地身亡。

「那不是我幹的！」我對剩下那個丑角大叫，奇怪的是他竟然相信我。他沒有用喇叭對付我，而是轉向鏡牆。

然後他也死了。

壞的珍持槍的手從鏡子上的一圈漣漪中伸出來。「有更多人正在趕來，」手縮回去的同時我聽到她說，「妳最好離開這裡。」

我試著找到我的通訊裝置，但被她拿走了。「如果你們聽得見，」我朝貴族肖像說，「這不是我做的！」貴族懷疑地回瞪我。

我離開套房奔向電梯。一分鐘後電梯門在大廳打開，服務生博佐的屍體跌進電梯。我跨過屍體，看到又有兩個丑角來追我。我朝反方向跑。

我跑上一道樓梯，來到大運河旁。剛好有一艘貢多拉船經過，船上的觀光客都盯著我瞧。雖然我已經把NC槍塞回外套裡面了，我仍然滿手滿臉都是約翰．多爾噴出來的血。「這只是番茄醬！」我對他們喊道。我匆匆向前跑，繞過運河的彎道，和一個默劇演員對個正著，他立刻從腰帶間拔出一把小斧頭。

「等一下！」我說，「我投降！」

小斧頭從我頭旁邊飛過，削掉我一撮頭髮。

「我『投降』，老天爺！」

默劇演員背後的空氣波動，壞的珍拿著刀子的手繞到他前方，接著默劇演員白上衣的前襟變得一片鮮紅。

「看吧？」壞的珍說，默劇演員縮成一團倒地，「一滴都沒濺到我身上！」擠擠眼睛。又消失了。

我繼續跑，經過更多目瞪口呆的觀光客，闖進一扇標示著「禁止進入」的門，跑過另一道走廊和另一些樓梯，最後終於跑出建築，來到一個地下卸貨區。

卸貨區邊緣停著一輛沒熄火的跑車。「上車。」壞的珍說。

我感覺到我的NC槍的重量抵著肋骨。我的手抽動了一下。

「妳敢輕舉妄動，我就把妳丟在這裡。」她說，「妳可『不想』那樣吧。」

我後方有一扇門砰地打開。

「最後的機會……」

我上了車。我們開走時，一把斧頭輕啄了一下後保險槓。

「最好繫上安全帶。」壞的珍建議，開上一條斜坡進入賭城大道。我剛把安全帶扣好，就聽到一陣尖銳的輪胎摩擦聲，我回頭看；一輛塞滿恐怖小丑的迷你車正快速逼近我們。

壞的珍也看到他們了。「好吧，」她說，「我們來玩一玩。」她換了更高的檔，開始在車流間之字穿梭。迷你車比看起來靈活，依然緊跟我們不放。開始有小斧頭哐噹哐噹地打到跑車後車廂再彈開。

我的手又開始抽動了。我問自己：「如果」我能從安全帶底下抽出槍，「如果」我在壞的珍射我或刺我脖子前先射中她，「如果」我能讓車子安全停下來，那些小丑會不會讓我活得夠久，向他們解釋事情的眞相？

「我可不敢賭。」壞的珍說。後擋風玻璃爆開，一把小斧頭砍進她頭墊的背面。我尖叫；她大笑。

前方有兩輛一模一樣的拖板車並排前進，中間留了一條空的車道。拖板車後側的板子上沒有標誌，但我們開近以後，我看到這兩輛車的擋泥板圖案都是山魈的臉。

「派蒂蛋糕，派蒂蛋糕。【譯註】」壞的珍說，閃了閃遠光燈。兩輛拖板車開始朝對方靠攏。壞的珍猛踩油門，咻地鑽過正在變窄的空隙；小丑的車想跟上來時，兩輛拖板車往外偏，讓它們的拖板甩向彼此，就像雙手拍在一起。迷你車被夾爛了。

追兵是解決了，但死亡的威脅仍籠罩：跑車時速有一百八十公里，而前方路口的號誌燈剛轉黃。「妳覺得怎麼樣？」壞的珍問我。「我們衝得過去嗎？」她發出歇斯底里的笑聲，兩手放開方向盤。號誌燈變紅了。我摀住眼睛。

當車子猛地往右甩時，我確信我們被撞上了。安全帶深陷進我的腰和胸部；G力的改變再加上摩擦力突然消失，表示我們脫離了地面，在空間中翻轉。我繃緊神經等待最後的撞擊，它卻始終沒來。

汽車慢慢恢復水平。輪胎重新接觸路面時，車身輕輕晃了一下，速度開始降到比較正常的範圍。刺耳喇叭聲已經遠去，只留下引擎的低吼和一陣陣從破掉的後窗湧進來的風聲。

譯註：一種兒童拍手遊戲時要唸的句子。

我把手從臉上剝下來時，我們已經開在星空下的沙漠裡。拉斯維加斯的燈光和最後一抹夕陽只是我們後方地平線的微光。壞的珍露出滿足笑容，像是剛經歷超棒性愛的人。

「邪惡，」她回應我的瞪視，「實在是酷到妳無法想像。」

我們走的這條路通往一棟破房子，孤孤單單地矗立在一片荒地中央。壞的珍把車停好，下了車。等我踉踉蹌蹌地走下副駕駛座，她已經背對我站在房子前門，這是絕佳的機會，只不過我的NC槍已經不翼而飛。「抱歉，」她頭也不回地說，「我現在有點太累了，沒辦法和妳玩躲貓貓，但只要給我時間充電，我很樂意繼續陪妳玩。」

這棟房子只是個空殼；進了前門後，有座通往地下建築的金屬樓梯。我們去的第一個房間介於防空洞和洞窟之間：牆壁是加固的混凝土，不過也有個燃氣壁爐和存貨充足的吧檯。

「如果妳肚子餓，冰箱裡有三明治。」壞的珍說，「還有礦泉水和果汁可以喝——我也想給妳喝點更烈的東西，但我想妳的腦袋已經在很詭異的空間了。」看我不回答，她聳聳肩說：「隨妳便。『我』絕對需要來點什麼……」

趁她在冰箱裡東翻西找，我走到壁爐兩側的書架前，被那排熟悉的黃色書背給吸引：「神探南西」系列。整排書之間有個空隙，空隙裡塞著一幀潘蜜拉・蘇・馬汀的簽名照。

「找到了。」壞的珍說，舉起裝滿透明液體的小玻璃瓶。她把它裝進一支自動注射器，把藥水全部打進她的手臂。「啊……」她的輪廓變得模糊，然後又突然恢復清晰。「好多了。」她把空藥瓶退出來丟進垃圾桶。「妳一定不會『相信』這玩意兒有多貴……對了，在妳動歪腦筋之前，應該要知道這藥水是認ＤＮＡ的。如果妳不是我，打了它只會踏上一段很慘烈的旅程，有去無回的那種。」

「妳什麼時候才要告訴我爲什麼帶我來這裡？」我說，「菲爾對我有什麼要求？」

「『菲爾』有什麼要求？」她翻了個白眼，「這和菲爾無關，珍。這和妳有關，妳效命的是錯的團隊。」

「妳要我加入軍團。」

「不，妳弄反了。『妳』想加入『我們』，而我們要實現妳的願望。」

「我的願望？我的『願望』是讓我弟弟回來，讓妳下地——」

「妳在參加試鏡嗎，珍？」她咧嘴一笑，「想讓我看看妳是多會睜眼說瞎話的偉大藝術家？相信我，我知道『那方面』妳爐火純青了。而且，嘿，那是很有用的技能，我們軍團絕對用得上，不過此時此地？我需要妳從實招來。」她指著吧檯盡頭的一扇門。「在那裡面。」

「什麼在那裡面？」

「妳否認了二十三年的事，妳的眞實本性。進去瞧瞧啊。」

我看著那扇門，沒有動作。

「去啊。」她說，那扇門自動打開，然後我在移動——不是「走路」，只是移動。我進入這個陰暗的空間，然後門在我身後關上，我置身全然的黑暗中，那很可怕，不是因爲黑暗本身，而是因爲我知道這裡不會一直都是黑的。她給了我幾秒思考即將面對什麼，然後她說：「現在仔細『看』。」燈光亮起，他就在那兒，從四面八方盯著我。約翰．多爾。

「妳指的是通緝他的海報，和郵局大廳裡那張一樣。」

是啊。芬德里警官或許保留了一份下來，但軍團有一百萬份。這個房間的每一吋牆壁都貼著海報，天花板也是，我甚至不需要低頭看——我能感覺到踩在紙張上的觸感。

「他眞的很令人發毛耶，對吧？」壞的珍說，「有些兒童性侵犯，妳知道，可以在必要時擺出眞的很和藹可親的樣子，但約翰．多爾不是那種類型。他比較像是『小鬼跟我走否則有你好看』的類型。」

「是菲爾……他告訴妳我做了什麼嗎？」

「在郵局？有啊，那仍然是他心裡的痛，不過他告訴我了。也給我看了帶子。」

「帶——」

「監視錄影的帶子。妳可能已經猜到了，只可眼觀科技不是專屬於組織所有。我們有我們自己的版本，從很多年前開始就有了。」

「通緝犯海報……？」我說。她點點頭。「那就是……你們尋找受害者的手法？」

「是招募。」她說，「是啊，那是其中一種方法。妳想想看，這種人格側寫的技巧還不錯：給某人看看邪惡的臉孔，看他們如何回應。妳弟弟的反應很典型。他那種脆弱的表情，好像在哀求某個人進來改造他的大腦——我能理解爲什麼高層立刻就收了他。我不懂的是他們爲什麼不同時吸收妳。」

「我？」

「珍……」她突然間來到我身後，兩手搭著我肩膀。「好了，別害羞，妳知道我在說什麼。」

「我不知道。」

「妳就像這樣站在菲爾後面，在他耳邊低語，說……我瞧瞧，妳的原話是怎麼說來著？噢，對了：『菲爾，就是那個男人，他替吉普賽人綁架小孩。我把你的事全都告訴他了：你住在哪、你在哪裡玩、你『睡』在哪……』」

我閉上眼睛。

「『……等他來抓你的時候，菲爾，你最好不要尖叫，也不要試著逃跑。那只會惹他生氣，他就會「傷害」你喔。也不要向媽媽哭訴這件事，她保護不了你的。他也會傷害她，也許甚至殺了她，然後他還是會把你帶走。』」

「我只是尋他開心！」我說，「我是在逗他！我不知道——」

「『逗』他？」她摸我的臉頰，我畏縮了一下。「我看妳是在逗『我』吧，珍。我是說，我看過帶子了。菲爾嚇得都快尿褲子了，而妳呢：妳樂在其中。逗他！妳是在『發揮邪惡』，妳『喜歡』那樣，妳『擅長』那樣。妳厲害到隨便找個人來，都可能以爲妳是『熟能生巧』呢……」

「去妳的！我沒有——就只有那一天而已。」

「噢，最好是。那還眞是湊巧極了，珍。妳屈服於虐待狂衝動的『唯一一次』，妳做出了最適合當作爲軍團『試鏡』的表演，而我們就剛好錄到了……妳知道我怎麼想嗎？我們帶走菲爾之前，妳和他有十年的相處時間，我敢說如果我們從那十年裡隨便挑一天，把約翰・多爾的海報放在有你們兩個的房間，我們還是能逮到妳做出類似的舉動。要說珍在使壞嗎？哈，何不說珍在做她自己？」她又摸我的臉，悄聲說：「壞猴子。」

這次我沒有躲開，而是轉身面向她，但我的拳頭只打到空氣。我聽到她的笑聲從我左邊傳來，便掄著拳頭撲過去。

「睜開眼睛，珍。」她說，「我知道妳不想看見，但妳瞎著眼睛是永遠抓不到我的。」

我睜開眼睛，她就在我面前，這次我成功勒住她的脖子，然後她又溜走了。

「不要再那樣！」我抱怨道，她重新現身，待在我剛好搆不著的距離外。

「好吧，」她說，「妳要公平的決鬥，我就如妳所願。來，我甚至可以多讓妳一點……」她拿出她用來殺死約翰・多爾的刀子拋給我。「好了，來吧，」她說，給我看她空著的雙手，「我保證這次不耍詐。」

「好，」我說，「只是還有一件事……」我突然撲向她，刀尖在前。她向旁邊一跨，抓住我的手腕，把我甩得一臉撞上最近的牆壁。

「所以到底是哪裡出錯了？」她問，輕輕鬆鬆地箝制住我。「在充滿希望的開頭之後……莫非妳眞的因爲多爾帶走菲爾而感到『抱歉』？還是惠特默的事影響了妳？我是說，我無意冒犯，對一個十四歲少女來說那是挺了不起的，不過還是……妳覺得除掉一個連續殺人犯就使妳成爲某種『聖人』了？」

她放開我，退後一步，我轉身用刀子猛揮。

「還是因爲組織？」她說，跳舞般躲開刀子。「我能想像在電話裡和迎合組的人談話，對少女來說可能造成很大的影響，即使是個壞胚子。不過挺奇怪的，他們等了那麼久才招募妳……妳想那是爲什麼？」

我再次割向她，這次她從我手臂底下鑽過去，用靴子勾住我腳踝後面一拽，讓我整個人失去平衡。

「妳覺得那只是官僚體系的失誤嗎？還是他們有不急著用妳的理由呢？」

「我有自己的生活，」我喘著氣說，「他們希望……他們要我善用人生。」

「噢，那一套啊。」她笑著說，「那妳爲什麼『沒有』善用人生呢？」

我剛才一屁股坐到地上時把刀弄掉了。我想撿起來，但她搶先一步用腳尖把它踢遠。

「他們確實招募我了，」我說，「也許花了二十年，可是——」

「是啊，結果如何？聽我們的間諜說，結果不怎麼樣。妳執行任務的失敗率講出來都令人尷尬。『那』又是爲什麼？」

我再次試著拿刀子，她踢我的臉。

「珍，問題出在哪？妳只是天字第一號闖禍大王嗎？還是因爲妳其實不是眞心想把事情辦好？」

她的腳往後收，準備再踢我，我霍地跳起身，雙手牢牢掐住她的喉嚨。我感覺她試著掙脫，心想：逮到妳了吧，賤人！但接著她的手臂抬起來把我的手撥開，然後她把我轉了個身，再度重重地撞上牆壁，和約翰・多爾大眼瞪小眼。

「對，」她說，「我眞的覺得是那樣，妳不是眞心想把事情辦好。而且我覺得妳承認之後會感覺好多了……說出來，珍。」

「去妳的！」

「說出來……」她壓向我，肚子貼後背，像是要能抱我，然後——這種親密感實在令人嫌惡——我們的衣服、皮膚都融解了，我們開始合而爲一……

「說出來。」她命令，現在她的聲音同時在我體內和體外。

我很邪惡。

「妳說什麼？我沒聽見，珍。再說一次，『大聲』說。」

「我很——」我說，然後我對抗著它，直到我腦袋裡的壓力大到無法抗拒：「我很邪惡！」

「現在我們總算有點進展了。」

她向後退，抽離，我倒在地上。

「第一次總是最難的……」她蹲在我旁邊，兩手輕鬆地擱在膝蓋上。「所以聽我說，珍，我要告訴妳妳有什麼選擇。選項一，妳可以否認妳剛才承認的話。回到拉斯維加斯，試著說服拉弗──或只是拚命逃跑，結果差不多，只是他逮到妳時更不可能相信妳。選項二，妳可以再仔細思考一下。除了我之外沒人知道這個房間──連菲爾都不知道──所以妳在這裡很安全，要待多久都可以。但是燈必須亮著。」

「然後還有選項三。妳可以停止自我蒙蔽。擁抱妳的眞我，妳一直以來的本性。加入軍團，開始對這世界造成妳『註定』要造成的改變。現在──」她傾向前，壓低音調，「──『我』知道妳會選哪一個，因爲我知道妳『想要』選哪一個。但我也明白妳不想表現得太容易，不想好像是因爲被我狠踹過才屈服。所以我們就假裝妳選了選項二吧。妳待在這裡面，需要花多少時間『仔細考慮』都可以，爲了保全妳的面子──只是不要太久喔，好嗎，我們還有事要做呢。等妳準備好，我會在外面等妳……」

二十分鐘後，我拖著腳步回到洞窟，吧檯上擺著一只黑色手提箱。它比軍團給阿洛·戴克斯特的公事包小，不過風格是一樣的。

「妳知道邪惡最棒的是什麼嗎？」壞的珍說，「妳是裝不出來的。我是說，妳想想，妳說得出來的好事，沒有一件是邪惡的人不能做的，而他做完依然能是邪惡的人。可反過來就行不通了。只要妳通過『我們』的示播列測試，妳是我們的一員這件事便再無疑慮。」

我扳開手提箱上的搭釦，掀開蓋子。「妳期望我用這個？」

「『期望。』妳這樣說好像還有懷疑的空間。我對妳有信心，珍。」

「妳要我殺誰？」

「就一些人，不是什麼大人物。這是妳要替我們執行的任務一部分。其實應該說替菲爾執行啦。他下星期要開派對，希望找個小丑來娛樂大家。」

「妳指的是拉弗？妳要我殺了羅伯・拉弗？」

「不，我會殺他，妳只要把他帶過來，菲爾要先和他聊一聊。而這個——」她拍拍手提箱，「——這個能幫助妳抓到他。」

我搖搖頭。「就算我願意做——」

「天啊，珍，別開始開倒車。妳想再回海報室待著嗎？」

「『就算』我願意做，現在我也不可能回到馬吉特套房了。」

「噢，妳大概還是進得去，難的是出來。不過沒關係，妳不用去套房抓他，妳要到賭桌邊逮他……他愛賭博，」她解釋，「百家樂，妳能相信嗎？我是說，在那麼多無聊的遊戲中……不過他就愛這一味，而今晚是他例行的賭博日。當然，妳今天小小的叛變可能使他改變計畫，但我很懷疑。再過一個鐘頭左右我們就能確定了。」

「我要和菲爾說話。」

「會的，在妳抓到拉弗之後，我會帶你們直接去見他。」

「不，我現在就要和他講話。」

「抱歉。」

「我『需要』和他講話，好嗎？」

「我知道妳很焦慮，」她說，「也許妳聽了會有幫助：妳該知道菲爾是冒著很大的風險拉妳入夥的。我是說，帶壞組織成員是他的工作內容之一，但牽涉到家人時有特別規定。要是高層長官知道他親自出馬找他姊姊，他們一定氣炸了。」

「為何？軍團反對用人唯親？」

「比較偏向客觀性的問題。妳知道，這些手足間的舊羈絆可能讓人情緒大亂。所以嚴格說來，這麼做破壞了既有規則。但菲爾想說如果我們能抓到拉弗，高層長官就該放鬆對他的管束——幹掉楚和懷斯已經為他掙得很多分數了。有了這個——」她再次拍拍手提箱，「——妳的忠誠也不再有疑問……所以有點耐心吧，珍。等妳正式入夥，妳和菲爾有得是時間團圓。」

「等我正式入夥，」我說，「我要做什麼工作？菲爾的助手？他的頭號心腹？」

「應該說是他的二號心腹。」她咧嘴一笑。「來吧，咱們把妳清理一下，妳身上還沾滿約翰・多爾的血咧。」

兩小時後，我回到跑車的副駕駛座，換了一身新衣服。賭城大道西側，盧克索賭場酒店的黑色金字塔逐漸變大，其玻璃尖端朝天空發射一道八百公尺高的光束。

我的邪惡分身正在給我臨上場前的叮嚀。「戴上這個，」她說，遞給我一副醜到極點的貓眼眼鏡，「它有內建通訊裝置，而且也能傳送影片，讓我能知道妳在幹嘛。」她注意到我的表情，補充說：「我知道它是時尚毒藥，不過那正是重點之一。如果妳去拉弗的賭桌路上遇到任何小丑，它能幫助妳偽裝。」

「只可眼觀呢？」我說，「環形監獄組不是有臉部辨識軟體，即使我偽裝也難逃法眼？」

「是啊，那套軟體還真是可靠……別擔心，我們都搞定了。這副鏡片經過特殊處理，讓妳能看見只可眼觀的感應器。來吧，試戴看看。」

我戴上眼鏡望出去。我們上方有個廣告看板，秀出一排衣不蔽體的歌舞女郎，我的注意力立刻被胸部最大的那個女孩給吸引。她的眼睛在發光。

「當然，」壞的珍繼續說，「找出它們只贏了一半。這輛車受到保護，只可眼觀看不見，可是下了車妳就需要這個。」她遞給我一支看起來很貴的手錶。「最先進的干擾裝置。它能讓看得見妳的每隻『眼睛』都失靈。」

我看了一下錶面上的品牌名稱：「山魈牌。」

「是啊。」她帶著歉意聳聳肩。「我不想表現得缺乏信任，但我想還是有極小的可能妳和拉弗在施展某種精巧的反間計謀。所以除了干擾器之外，手錶裡還有毀滅機制，如果我覺得不對勁，只要按下遙控器就能把妳汽化。」她抬起右手，我盯著我自己的ＮＣ槍槍口。

「戴上它。」

我把手錶套在手腕上，壓下釦環時它發出細微的「嗶」一聲，不必有人告訴我我也知道，在未經許可的狀況下試著解開手錶會有致命後果。

「乖女孩。」壞的珍說。她把我的NC槍的保險撥回去，然後把它丟到我腿上。「來了……」

盧克索賭場酒店的入口由兩尊眼睛發亮的埃及神祇荷魯斯看守。我一下車，它們瞳孔的光就變暗然後滅掉了。下一場測試就等在賭場門內：兩個眞人保全。其中一人直直望向我，我以爲我被逮到了，但那人只是打了個哈欠別過頭去。

「妳看吧？」壞的珍說，她的聲音從我耳朵裡傳來，「就好像妳隱形了一樣……現在直走，高額賭注室在賭場那一層樓的中央。」

我經過一排排二十一點的賭桌，一波黑暗替我開路，因爲我的軍團手錶把每個國王、皇后和獨眼衛士都變瞎。接下來是一排又一排的吃角子老虎機。這裡的效果比較不明顯：即使只可眼觀裝置都被干擾了，那些機器仍然有足夠的光。

高額賭注室的門是由霧面玻璃構成的拉門，門是由動作感應器來觸發開啓，但我的手錶似乎也讓它失靈了。

「有麻煩了。」我說。

「不用擔心，我駭進了電力系統。在我開門之前，我要妳集中注意力。拉弗穿著燕尾服，和兩個女人坐在一張賭桌邊；她們是他的保鑣。同桌的還有一個發牌員，右邊有個賭場經理，房間後側還有另外兩個發牌員在待命。他們任何一人都可能是保鑣。」

「所以我必須在……三秒內射中六個人？」

「最好是兩秒內。還有別射到拉弗——就算他輕到可以搬運，妳也沒有隱形到那種地步。妳能應付得來嗎？」

「馬上就知道了。」我說，「把門打開。」

門往旁邊滑，我走向前，舉起槍，扣了六次扳機。

「唔，」羅伯．拉弗望著倒在他周圍的六具失去意識的軀體說，「看來我的警告沒有奏效。」

「閉嘴。」沒穿小丑服的他看起來一點都不恐怖。

「搜他的身。」壞的珍說。

我把炸彈手提箱放在地上，用ＮＣ槍朝著拉弗比了一下。「站起來往前傾，把手平放在桌子上。」拉弗聽命照辦。我繞到他身後，觸探他的外套底下，發現有一把手斧插在他腰帶裡。我把它抽出來放到一邊。我檢查他的口袋。「他身上沒東西了。」我宣布。

「很好，現在向他解釋現在的狀況。」

「有些人在貴賓停車場等著見你，」我告訴拉弗，「所以我們現在要走出去。你要走在我前面，我叫你往哪走你就往哪走，不要做突發動作，不要惹麻煩。」

「很有趣的計畫，」拉弗說，「但我只能假設妳是要帶我去接受刑求和殺害，我究竟出於什麼動機才不會惹麻煩？」

我一邊用槍指著他，一邊把手提箱從地上移到桌子上。我讓他看了裡頭的東西。「你知道這是什麼吧？」

「我認得品牌名稱，但我不敢說我見過這一個型號。」

「它背後有個抑制開關，」我解釋，「如果開關開著，爆炸威力的範圍會局限在大約是這個房間之內。但如果開關關上，方圓兩百公尺內的所有人都會化成灰。」

「原來如此。而在後者的狀況下，妳也會是死者之一嗎？」他用下巴指了指我的眼鏡。「我猜如果妳沒能把我帶出去，控制妳的人不會高興。」

「這部分他倒是說對了。」壞的珍說。

我湊上去，用槍抵著拉弗的太陽穴。「如果這項任務我失敗了，」我告訴他，「那表示我搞砸了再見到我弟弟的唯一機會。如果真的發生那種事，我才不在乎我自己的命運。聽清楚了嗎？」

「是的。」拉弗說。然後他露出微笑。「那我們走出去的時候我要舉起雙手嗎？還是那樣太顯眼了？」

「你不必擔心太顯眼的問題。」我往後退，不過仍用槍指著他。「衣服脫掉。」

「什麼？」

「脫光光，包括襪子和鞋子。」我從手提箱裡拿起炸彈，然後揭開手提箱內襯，露出襯衫、卡其褲和樂福鞋。「這些應該很合身。現在你穿的衣物要在地上堆成一堆，也把你的小斧頭放進去。」

「……而就組織所知，我在爆炸中喪命。」他點點頭。「妙計，眞是妙計。」

「狄克森最終會想通的，不過等他想通，也來不及再做什麼了。」

「所以妳可以再見到妳弟弟，然後順便將狄克森一軍。現在我明白妳爲什麼反叛了。」

「少聊天，多做事。」壞的珍說，「我們可沒時間乾耗。」

「我們走吧。」我揮揮手槍說。拉弗把衣服換了。我們準備好之後，我設定了炸彈上的計時器。

現在我們兩個都不像高額賭注的賭客，不過我的隱身術還有效，走出房間時沒人多看我們一眼。順利通過整座賭場，壞的珍引導我們走到一座私人電梯前，它在我們靠近時自動開門。我把拉弗推進去。

到了停車場，壞的珍站在電梯門一段安全距離之外，可能擔心我在最後一刻倒戈。她找了後援：八個打扮得像停車小弟的人都拿著軍團發放的ＮＣ槍。壞的珍自己的槍仍在槍套裡，不過她手裡握著我的手錶的引爆器，準備隨時按下去。

我已經摘掉了眼鏡，不過我的視力清晰無比。即使隔著十五公尺，我仍然能看到壞的珍拇指上的細毛，而她的拇指正懸在引爆器按鈕上方。我能看見她的後援團隊額頭上的汗珠，甚至數得出有幾顆，也能看見他們開來載拉弗的廂型車上一粒粒的灰塵。我看得到停在廂型車旁壞的珍的跑車，從引擎處冒出旋渦狀的熱氣。我看到壞的珍下頷肌肉緲緊，因爲她發現她對反間計的擔憂成眞了。

「他在哪裡？」她說。

「誰在哪裡？」

她的拇指收縮了一下。「少給我裝傻，珍。拉弗呢？」

「噢，『他』啊……他中途就出電梯了，他說這是安全問題，說他知道太多，不能被俘虜。我個人認爲他只是個膽小鬼，害怕被變態凌虐。」我等了一秒，補充說：「噢，對了。他要我告訴妳，恐怖小丑組已經封鎖這棟樓的所有出口，你們沒有一個人可以活著出去。」

她的後援人員開始面面相覷，但壞的珍本人沒受到威脅影響。「沒有一個人？」她說，「連我都是？」

「尤其是妳。我要親手殺了妳，在妳告訴我菲爾在哪裡之後。」

「當然……再見，珍。」

剛才拉弗和我穿過賭場時，經過一個拉斯維加斯版的老式幸運轉盤。現在我想像時間就和它一樣，是個充滿獎項的大輪盤，而我在腦中伸出手讓它停止旋轉。接著我把注意力集中在手臂上，告訴自己我手腕和手掌的骨頭都是有彈性的。當我感覺骨頭開始拉長，我把手臂迅速往上一甩。山魈牌手錶的釦環仍然扣著，脫離我的手腕，並且像個目標明確的飛彈飛過停車場，對準彼此間站得很近的四個停車小弟。

我鬆手放開時間轉盤。壞的珍拇指按下去，結果她一半的後援部隊消失在橘黃色的閃光中。

「搞什麼鬼？」壞的珍說。某種本能讓她能把周圍的爆炸能量疏導開，藉此保護自己；她的頭髮亂了，不過除此之外她毫髮無傷。她倖存的爪牙就沒那麼幸運了：他們被炸得頭昏眼花，盲目而跌跌撞撞地繞著圈子。

我舉起我給拉弗搜身時在他口袋找到的自動注射器。「拉弗讓我離開馬吉特套房前抽了一點我的血，」我解釋，「他不肯說原因，但當妳告訴我X毒認DNA時，我就有了概念。」

「恐怖小丑有X毒？」

「是啊，而且說到管制品的行家啊，我相信他們的鬼玩意兒比妳的更夠力，珍。」

「來找出答案吧，」她說，「來玩一場。」

她鬆手放開引爆器；我鬆手放開自動注射器；我們都伸手拿槍。而且我們也都再次試著停止時間，結果在那個慢動作世界裡，我們射的子彈甚至是有形的。壞的珍的NC槍噴出動脈血顏色的鋸齒狀粗閃電；我自己的槍則噴出猝睡症的束狀白色線段。沒有一槍命中目標，左躲右閃了一會兒後，我們都滾地尋求掩蔽。

我蹲在一輛銀色賓士光亮的車身後頭，仔細聽那些停車小弟歪歪倒倒的腳步聲，直到我能清楚看見他們每個人的位置。接著我把NC槍調到MI模式，迅速立起身來射擊。我殺了三個人，正準備對第四人開槍時，聽到山魈炸彈啓動的「嗶」一聲，還有壞的珍低手把它朝我拋過來的細微呼咻聲。我一手按在賓士車頂，把自己撐上半空。我的腳接觸到飛來的炸彈，把它踢回原點，不過路徑略有修正；它撞上最後一個停車小弟的胸前，爆炸。

這波爆炸比上一波要猛烈許多，停車場大部分汽車的車窗都破了；我落回地面時，還得護住頭抵擋雨水般的安全玻璃碎片。玻璃雨停止後，壞的珍已經回到她的跑車上，加足馬力準備逃跑。她倒出停車格時，我再度跳起來，利用賓士的引擎蓋當跳板，把自己發射出去。壞的珍打到前進檔時，我落在跑車車頂；她踩下油門，我彎腰伸手透過破掉的擋風玻璃握住方向盤，用力拽了一把。我翻身脫離跑車，車子直衝向一根混凝土柱。

撞車之後跑車的引擎熄火了。壞的珍掙扎脫離正在洩氣的安全氣囊，沿著扭曲變形的引擎蓋爬出來。我重新站起身，試著用手槍瞄準她，但這時另一個山魈炸彈沿著停車場地面彈跳而來，倒數計時器顯示「0:01」。

我閉上眼睛，瞬間移動到另一根混凝土柱後頭。炸彈爆炸，震碎更多玻璃。有個警報器開始哭號——除此之外，我還聽到壞的珍的腳步聲遠離，以及樓梯間一扇門開關的聲音。

那道樓梯往上能回到賭場樓層。等我趕到那裡，壞的珍已經不見蹤影。我站在那兒搜尋她的蹤跡，此時有個保全朝我走來。我認出他是我剛走進這棟建築時曾打量我的保全，我遲疑著，不確定他是軍團的人、恐怖小丑，還是平民百姓。

第二個保全從後頭擒抱我。他用一條手臂鎖住我的氣管，並試圖把我摁在牆上，但他不是壞的珍：我從他的鐵臂底下融解，在他後方重新現身，朝他後腦勺開了兩槍猝睡症。接著我轉身應付第一個保全，但他已經被一支銅管小丑喇叭的噪音給震暈了。

「哈囉，又見面了，珍。」羅伯．拉弗說，「嗨得還愉快嗎？」

「其實還不錯……但你大可以事先告訴我。」

「什麼，破壞驚喜嗎？那可一點都不好詐了。」他咯咯笑，但接著他的笑容轉爲痛苦表情。「哎唷！」

「拉弗？」

我擔心他中彈了，但他並沒有倒下來。他伸直手臂，一下握拳一下放鬆。「一定是從電梯爬出來時拉傷了……那不重要。聽著：我讓打了X毒的小丑守在所有主要出口，不過那只會稍微拖慢她的速度。妳必須在她找到別的方法逃走前逮到她。」

「了解……」我盯著賭場地板，聚焦在地毯的每一根纖維上。在經過的賭客所留下的幾千個凌亂的腳印中，浮現一組新的腳印，對我來說清晰得就像被踩扁的草地。「找到她了。」

我以超人類的速度衝出去。壞的珍的足跡往外經過金字塔天井下方，那裡有另一對保全試圖阻擋我的去路。我剛撂倒他們兩個，就聽到遠處傳來喇叭聲。我朝聲音跑過去，壞的珍突然衝到我面前，她的頭髮現在已經不只是有點亂而已——她看起來像剛從滾筒式烘乾機出來。她看到我，想要對我開槍，但她的ＮＣ槍槍管裂了，使它成爲和外觀一致的無害玩具。這時她露出眞正恐懼的眼神，她拔腿就逃。

我緊追在後。我感覺到她幾乎已經耗盡力量，她需要補打Ｘ毒，但在山魈炸彈和小丑喇叭的夾擊下，她帶的任何藥瓶現在勢必都碎了。我只需要一直對她施壓，直到她筋疲力盡。

我把她追到天井的一個角落，她闖進另一扇通往樓梯間的門。樓梯往上，爲了順應金字塔的斜邊而交錯排列。這種幾何模式讓我看了眼花，所以我逼自己不要抬頭看中央的樓梯井，只要專注在跑步上頭。等到我通過第五個樓梯平台時，感覺自己好像在飛。

我們不停往上飛，一路飛到頂端——我在四分之三的高度時差一點抓到她，但她發揮最後一波衝刺力量，再度拉開距離。接著我已來到最高的樓梯平台，面前是一扇散發熱氣的門。門上沒有任何標誌，不過如果想給它個標誌，組織硬幣上的符號是很好的選擇。

我用手肘把門推開，跨進金字塔之眼。感覺就像走進太陽：盧克索賭場酒店的探照燈大得像一座游泳池，雖然它把大部分能量都射向天空，還是有足夠的光反射聚集在玻璃塔頂之內，把這個房間變成烤箱。

我爬上環繞探照燈的狹窄通道，我的瞳孔縮小得和針尖一樣。探照燈上方的空氣是一大團波動的熱氣，不過我覺得在對面的狹窄通道上瞄到一個人影。

「妳最好還是現身吧，」我說，「我知道妳在這裡，而且妳剩下的藥力不足以闖過我這一關。」

她化為實體。「用那把槍要小心啊，」她朝四周的玻璃牆比了比，「別射歪了……」

「我不打算射妳，我需要妳保持清醒，我才能揍妳揍到妳說出眞相。」

「眞相。」她微笑。「妳確定妳想知道眞相嗎，珍？因為眞相是，就算妳逼我說出菲爾的藏身處，妳也救不了他。他現在是軍團的人了。妳可能抓得到他，但妳改變不了他的心。妳光是試著這麼做都會惹來他的咒罵。」

「何不讓我來操心就好？」

「我知道妳確實在擔心，所以妳內心有一部分眞的很想射我，想讓我閉嘴。不信妳自己看。」

我垂下眼神看著我手裡的槍。

它調到了ＭＩ模式。

「對吧。」壞的珍說，「如果妳殺了我，菲爾就會逃掉，妳就能繼續假裝還有希望。但已經沒有希望了，珍。妳早在二十三年前就有機會保護菲爾了。現在他有權力、有地位、有目標──比『妳』強得多──他絕對不會乖乖放棄這一切。原本他可能與妳分享其中一小部分，但現在那個機會也消失了。所以剩下的只有死亡。妳可以獵捕他、處死他，把他當壞猴子。那就是妳在尋求的眞相嗎，珍？妳想要負責解決掉菲爾？」

她一邊說話，一邊沿著狹窄通道朝我走近。她近得令人有點不安；我退後一步，鞋跟卡了一下，讓我失去平衡。她就只需要這麼一點空檔。她倏地衝上前來，用手掌劈向我的手腕使我放開槍，然後用雙手勒住我的脖子。

「不要抵抗。」她說。我試著融解脫逃，但她用盡僅存的力量牢牢抓住我。「不要抵抗，珍……妳知道這樣最好。」她讓我往後弓起身，越過狹窄通道的護欄，我感覺到探照燈的熱度燒灼著我。「放手吧，放手吧。妳再也沒有罪惡感，不會搞砸事情，而菲爾也能繼續活躍……」

我用「我」僅存的力量抬起手，手掌平貼在她的胸前。我推著、融入著，我的手穿過她的外套、皮膚、胸骨。我握住她的心臟用力一捏。

她驚喘出聲，放開我。她想退開，但我把她舉離地面。

「現在，」我說，「妳要告訴我我弟弟在哪裡……」

她開始拚命揮動手腳，但她的踢打對我來說根本不算什麼。我轉身，把她舉到護欄之外，讓她懸在探照燈上方。我集中注意力；強光朝上放送，現在它不只是「像」太陽而已，直到我能看穿她的一切，一路看進她的靈魂。她身上先是冒出縷縷蒸氣，然後開始冒煙。

「告訴我他在哪裡。」我說。我又用力捏了一下她的心臟。

她頭向後仰，尖叫著回答我；她的話語在玻璃帳篷間迴蕩，強光持續燃燒。

「謝謝。」我說，「再見了，珍。」

我鬆開手。她已變得癱軟的身體滑了下去。她在瞬間就沒入火中，強光比山魈炸彈更徹底地吞噬她。連一點灰都沒有留下。

我筋疲力盡、渾身滴著汗，癱靠在狹窄通道的護欄邊。

我的視線邊緣有個黑色形體在移動，厚厚的鏡片閃了一下光。

「唔，」狄克森說，「那還眞有中世紀味道。」

「我不喜歡她。」我對他說，「我也不喜歡你，不過現在那不重要……我知道菲爾在哪裡了。」

「嗯，我聽到了。希望她沒撒謊。」

「她沒撒謊。但我們要動作快，現在菲爾應該已經知道任務出了差錯，壞的珍沒有向他回報，他就會逃跑。」

「不用擔心。」狄克森翻開手機，「我有一組壞猴子突擊隊在待命。」

「我不要任何幫手。只要帶我去他那裡，我一個人進去。」

「妳根本不能進去。就算我信任妳，妳也幾乎站不起來了。」

「就算你『信任』我？搞什……等一下，你說『突擊隊』是什麼意思？」

「妳覺得我是什麼意思？」

「不對，我們應該活捉菲爾，拉弗向我保證他會沿用楚的政策。」

「拉弗正被送往醫院，」狄克森說，「他心臟病發——是眞的心臟病。所以我成了任務指揮官。」

「那也不能改變政策啊！你不能——」

「妳知道妳留在百家樂賭桌上的炸彈怎麼樣嗎？我們派去解除炸彈的技術人員說，所謂的『抑制開關』只是幌子。如果炸彈爆炸，整個賭場的人都會死。」

「慫恿我做壞事的人不是菲爾，是『她』。」

「這是他的計畫，妳弟弟專門替軍團幹這種事。他現在就是這種人……我可不會抱著懷柔政策進去，冒險讓他跑掉，就只爲了減輕妳身爲壞姊姊的罪惡感。」

「你這混蛋，」我說，「你這麼做完全是爲了刁難我！」

「我這麼做是因爲這是對的。」他把手機貼到耳邊。

我從狹窄通道上抄起ＮＣ槍。

「別傻了。」狄克森說。

「別以爲我不敢……」手槍仍調到ＭＩ模式，我試著把它調回猝睡症，但它一定是在落地的時候受損了，指針動也不動。

狄克森看著我手忙腳亂地調整槍的模式，唇邊浮現一抹冷笑。「眞是順理成章啊，」他說，「要阻止我，妳就只能殺了我……而且由於現場沒有目擊者，妳大可以把罪過推給壞的珍……」

「閉嘴！」我用槍敲擊狹窄通道的護欄，指針還是不肯動。「把那個該死的手機放下！」

「不。」

「我不會讓你殺了我弟弟的，狄克森。」

「如果他逃走了，他以後會殺的那些人又該怎麼辦呢？我想妳也會把他們的死歸罪到壞的珍頭上吧。」

「狄克森——」

「動手吧，」他瞪著我說，「扣扳機，證明我是對的。」

「不。」

「不？」

「不……」我鬆手讓槍落地，它彈出狹窄通道，消失在強光裡。

我看出那對厚鏡片後頭閃過極微弱的安心。「這樣才對，」狄克森說，「現在——」

他還來不及把話說完，我就伸手到口袋裡，握著壞的珍的刀子抽出來。

「我不會讓你殺了我弟弟。」我重申，「但其餘部分你全都說錯了。我會負全責。爲了一切，爲了菲爾。」

然後我拉開刀刃，朝他走近。

白色的房間 VIII

「所以妳爲了保護妳弟弟而殺了狄克森。」

「不，我殺了狄克森是因爲我『沒有』保護我弟弟……也是因爲我終於明白我救不了他。」

醫生搖搖頭。「我不懂。如果妳認爲菲爾已經沒救了——」

「我沒這麼說。我是說『我』救不了他。壞的珍說對這一點了：我錯過了唯一的機會，現在我只能害他被殺……但菲爾還可以救他自己。」她直視醫生的眼睛。「我不在乎軍團對他做了什麼、逼他做了什麼，我必須相信他內心有一部分不是無可救藥的。他是個好孩子，你知道嗎？他值得擁有比我更好的姊姊……但他只有我，即使我沒有力量帶他回家，至少我可以爲他多爭取點時間，讓他能自己找到回家的路。」

「這就是我的故事了。」她聳聳肩，靠回椅背。「你覺得如何？」

「我不確定妳要我說什麼，珍。」

「有那麼糟喔？」

「如果妳想的話，我可以指出更多妳陳述中的漏洞。」醫生說，「我可以告訴妳，報告顯示威尼斯人酒店沒有發現屍體：頂樓套房沒有被屠殺的賓客，大運河旁邊也沒有被割喉的默劇演員。我可以告訴妳，盧克索賭場酒店的保全頗爲確定，那天晚上只有一個珍在賭場裡瘋狂亂竄，而不是兩個珍，而且沒人目睹任何違反物理法則的現象——只有一大堆揮拳和踢腿。我可以告訴妳這些，但妳會告訴我是迎合組掩蓋了眞相，如果這說法還不足以解釋所有疑問，嗯，那就是挪得問題了。」

「我很欣慰你終於進入狀況。」她說。「那狄克森呢？他們給他什麼身分？另一個保全？一個礙了我的事的旅館職員？」

「他是社工人員。」醫生告訴她。

「狄克森是社工人員？」她大笑，「太絕了！我猜猜看：他負責街友對吧？『精神錯亂』的街友？」

「無家可歸的成癮者。」

「啊，當然是的。而那天晚上——別告訴我，讓我猜——那天晚上，他湊巧經過盧克索賭場酒店，聽到他的新案主在發瘋。所以他決定幫忙逮住我，最後因爲多管閒事而被刺死。」

「警方不知道狄克森怎麼會和妳共處一室，不過妳描述的場景挺有說服力的。」

「是啊，除了一件事：我沒有精神錯亂。我是說，我的『故事』很瘋狂，這我知道，但我本人很清醒。」

「妳現在是很清醒，」醫生說，「不過那天晚上呢？」

「這個嘛……那些X毒眞的很猛，眞可惜我再也嘗不到它的滋味了。」

「珍——」

「你知道嗎，我又和菲爾談過了。」她說，「我是說，不是『眞實地談』……不過在我殺了狄克森以後，我坐在樓梯最頂端，等著看是警察還是恐怖小丑會先出現，那時我假裝菲爾就在我身邊。我對他說我很抱歉。你知道，我們有過那麼多次假想的對話，我卻從來沒向他道歉過，但這次應該是最後一次了，所以我爲自己是個爛姊姊而道歉，爲了那天把他丟下道歉……我對他說不管他替軍團做了什麼壞事，都不是他的錯，全都要怪我。我說我希望他能找到方法擺脫他們——他可以做到，我『知道』他可以做到，只要他眞心想做。」

「那菲爾怎麼說？」

「他什麼也沒說，只是聽著。」她再度直視醫生的眼睛，「我希望他聽進去了。」

醫生還沒來得及回應，他的呼叫器便響了。

「該走了嗎？」她語氣失望。

「我得出去一下，」醫生說，「不過我還想再聊一下。妳不介意等我吧……？」

「我不介意。」她又秀出手銬給他看，「我沒什麼地方可去。」

他站起來，朝錄音機伸出手，又遲疑著。「她還有說什麼嗎？」

「誰？」

「壞的珍，在妳把她丟下去之前——她還有說任何關於菲爾或軍團的事嗎？」

「沒有。我是說，我的拳頭在她胸腔裡的情況下，她並不是很適合說話。她用盡全力也只能尖叫出幾個字而已……怎麼了嗎？」

「只是好奇。」醫生說。他按下錄音機的停止鍵。「我去去就回……」

他走到門邊想開門，但它從外側被鎖住了。「警衛？」他喊道，「我要出去了……警衛？」他舉起拳頭敲門。「警衛！」

他身後傳來「噹」的一聲，是手銬落在桌上的聲音。他扭回頭看。她傾向前，用一把鮮橘色的手槍對準他。「究竟是怎麼……？」他說，「妳是從哪……？」然後他看見了：地上的黑色瓷磚被翻起來，露出底下的祕密格子箱。

「菲爾。」她說。

他眨眨眼睛。「這是某種玩笑嗎？是……是江醫師要妳整我嗎？」

「這不是玩笑，菲爾。我倒希望是。」

他盯著她看了一會兒，瞥向錄音機，然後猛力搥門。「警衛！……警衛！」

「外面沒有人幫你，菲爾。這裡不是郡立監獄。你在沙漠裡的螞蟻養殖場。」

他停止搥門。他緩緩轉過身，臉上露出新的表情。

「是啊，」她說，「抱歉。狄克森的事我騙了你：我也許『眞的』會殺了他，但他夠精明，不讓我有藉口動手。他出現在狹窄通道時，突擊隊已經出發了，他給他們嚴格的指令要活捉你——不是因爲他人很好，你懂吧，而是因爲連他都不敢違背拉弗和我談好的協議……拉弗說恐怖小丑組有辦法騙過你的記憶，讓你以爲你是自願來找我，來從我身上榨取情報，而這讓『我』有機會攻破你的心防。狄克森說這計畫絕對沒用，說你已經沒剩下任何良知能讓我喚醒，但我和拉弗說我確定我辦得到……」她嘆氣。「可是我錯了，是不是，菲爾？」

她拿起錄音機，用力往下砸。外殼裂開來，露出裡頭扁平圓盤狀的山魈炸彈。室內有短暫緊張的停頓，因爲他們兩個都等著計時器完成倒數，可是當時間歸零，沒有爆炸，只有短暫的嗡嗡聲。數位顯示器上出現一個詞：

SHIBBOLETH（示播列）

接著第一個H閃了一下後滅掉：

S IBBOLETH（西播列）

「珍，」他說，「我可以解釋……」

「是啊，我敢說你一定可以。」她說，「可是也沒什麼好解釋的，不是嗎？這是個簡單的測試。你不必認罪，或是崩潰痛哭，或表現出任何那一類的戲劇化反應。你只需要在沒有試著殺了我的前提下走出這個房間。」

「珍……珍，拜託。」

「很抱歉，小弟。我試過了，我盡我所能給了你所有機會。但這是我這一半的協議……」

「珍！」

「壞猴子。」她說。

她扣下扳機。

ＮＣ槍沒有發出任何聲音。

他劇烈抽搐。一隻手抓著他背後的門把；另一隻手快速按著他胸口。他的喉嚨發出像被勒住的聲響；他的臉漲紅，眼珠凸出。「她」也睜大了眼睛，身體更往前傾，把一切都看個仔細。他的膝蓋開始彎折。

然後，就在他應該心臟病發倒地身亡之際，他緩和過來。他停止喘息。他的腿站直了，雙臂也重新垂放在身側。

她再次扣下扳機。這次ＮＣ槍還是沒發出聲音，不過是不同感覺的靜音——顯示失靈的那種。這次他沒有做出反應。他直挺挺地站著，臉色恢復正常。她把槍的模式從ＭＩ調到ＣＩ，對準他的頭，再試了一次。

什麼都沒有。他連眼睛都沒眨一下。

她對這結果並不滿意。

「菲爾。」她說。

「珍。」他回應。

「這座螞蟻養殖場裡的螞蟻不是你，對不對？」

「對。」

「是我。」

「對。」

「喔，幹。」她說，把那無用的槍甩在桌上。

有人敲門。菲爾讓到一旁，狄克森走進房間。她橫眉豎目地望著他。

「你從多久前就知道了？」她問。

「知道妳是替軍團效命的深層臥底嗎？一開始就知道了。」狄克森說。他朝菲爾比了比。「有人警告我們要小心妳。」

「那爲什麼還要拉我入夥？」

「當作實驗。我們早就察覺軍團想要滲透組織了。我們採取了反制行動，但不確定效果如何。招募妳讓我們有機會測試一下。」

「所以這個概念是看看如果你們不是原本就知道我的底細，要花多久時間才會逮到我的小辮子？」

「對。」

「比你想像中難多了，不是嗎？」

「是啊。」狄克森說，「當然，我預期妳是個好演員，很熟練地扮成頗有魅力卻不見容於社會的邊緣人，而不是妳的眞面目那個惡魔，但妳竟有辦法騙過示播列裝置，眞讓我大吃一驚。妳控制情緒的能力非常厲害，尤其是以一個『看似』非常衝動的人而言。有一段時間我幾乎覺得沒希望逮到妳了。」

「那最後是什麼讓你重燃希望？」她瞥向菲爾，「他嗎？」

狄克森點頭。「就算再有自制力也抵擋不住誘惑。對於比較乏味的邪惡行動，妳有辦法隱藏妳的興趣，但我想如果把犯下眞正嚴重罪行的機會放在妳面前，妳那張假面具可能就會出現裂縫。」

「所以你就派我去獵捕我的親弟弟。」

「假裝要救他，其實是殺了他。」

「不過你怎麼知道我會中計？我是說，如果他眞的是軍團的人，嚴格說來我們是一夥的。」

「嚴格說來。」狄克森說，「不過妳弟弟被軍團綁架並不是巧合，不是嗎？」

「當然不是巧合。」她說，「他是我的入場券耶。他們要我獻上祭品，證明我是認眞的。但他們沒告訴我他們要『領養』他。」

「我想也是。我認爲妳發現妳弟弟不但還活著，而且還在某個組織裡身居要職，那個組織卻只把妳當個打雜的，勢必對妳的忠誠有所損害。」

「所以這整件事……」她朝房間揮揮手，「這齣……戲……全都是爲了讓你能在我扣下扳機的瞬間弄清楚我的心？」

「對。」狄克森說，「而且我很樂意告訴妳，結果很確定。妳是邪惡的。」

「我是沒錯。」她忍不住露出笑容，「不過你知道嗎，你大可不必這麼費事，直接去問我媽就行了。」

「如果她還活著，也許我會問她。」

「是啊，眞可惜。你知道他們始終沒找到撞死她的卡車嗎？」她看到菲爾身體緊繃起來，笑意便更深了。「所以現在要怎樣？你要吸收我？讓我做雙面諜？」

狄克森搖搖頭。「妳是隻壞猴子，現在這事已曝光，組織用不著妳了。」

「了解。」她點頭，然後聳肩，接受了無可避免的結果。「不管怎麼說，我打了漂亮的一仗，一路走來也造成不錯的傷害。」

「妳是造成一些傷害，」狄克森贊同，「不過沒有妳想像中多……一開始是眞的，」他解釋，「可是在阿洛・戴克斯特任務之後，即使在密切監視妳的前提下，成本效益組認爲放妳趴趴走太危險了。楚開始對我施壓，要我快點殺了妳，以絕後患。最後我說服他接受替代方案。我們把妳交給恐怖小丑組。從妳見到羅伯・懷斯起，所有事情都是模擬的。」

「模擬的，」她說，「你是指奧茲曼迪亞斯機構……小餐館……拉斯維加斯？」

「全都是幻境和螞蟻養殖場。」

「不可能！那……他們不可能那麼做！」

「拉弗一定很得意他的假象效果這麼好。現在看來，我還得向他道歉呢。我第一次看到他那組人準備的劇本時，很確定有幾處劇情轉折一定會露出馬腳。不過恐怖小丑比我更了解人性有多麼好騙。」

她想了一下。「X毒不存在？」

「讓妳能停住時間、像個武藝高強的超級英雄飛來飛去？不，這種毒品不存在。」

「唔，真尷尬……所以如果在小餐館的事從未發生，表示——」

「楚和懷斯都還活著。」他說，「噢，還有拉弗並沒有心臟病發。」

「約翰‧多爾呢？」

「壞猴子組二十年前就殺了他。」

「那壞的珍呢？」

「其實她叫蘿貝塔。蘿貝塔‧格雷斯。我的徒弟。她已經回瀆職組了，正在準備用我們從妳那裡得來的資訊鏟除軍團的其他間諜。」

「那『他』呢？」她問，「他真的是我弟弟嗎？」

「對，而且他真的替軍團效命。不過事實上，他是替組織效命。」

「怎麼會？他被他們抓走時才十歲。別告訴我在那之前你們已經招募他了。」

「沒有，而且在那之後我們也沒招募他。是他主動找上我們的。軍團的教化專家盡了全力，但結果證明妳弟弟是他們始料未及的那種人。無法腐化的人。」

「無法腐化的人！」她嗤之以鼻，「這小混蛋只是不夠資格變成壞猴子罷了！」

「我們會面那一天，妳問我想要什麼。」狄克森不理會她的奚落，逕自說道。「答案是：展現出邪惡是無用的。妳和妳弟弟各以獨特的方式幫助我達到了目的。不過現在妳這部分的展示已經結束了。」

他掀開外套露出另一把NC槍。這一把看起來不像玩具，是黑色的，而且只有兩種模式可調。狄克森從槍套拔出槍，轉向菲爾，帶著他鮮少展現出的敬意問道：「我可以動手嗎？」

「不，」菲爾說，「她是我的。」

「當然。」狄克森把槍交出去，然後搓了搓手掌，好像在拂掉灰塵。「再見，珍・夏綠蒂。」他說，「我們今生不會再見面了——來世也不會，我希望。」他離開房間。

「混蛋。」門在他身後關上時她說。接著她看著菲爾，態度緩和下來。「好了，小弟。我猜我應該要恭喜你。」

「是嗎？」

「別贏得沒有風度，菲爾。」

「妳認為這對我來說是贏了嗎，珍？」

「壞猴子死掉，好猴子活下來面對新一天的挑戰……」

「那是狄克森的勝利。」他告訴她，「狄克森理所當然地認為妳藉著隱藏真實自我而通過示播列測試。我期望或許還有另一種解釋。」

「我的天啊，」她說，「你眞的認爲我可能是『好人』？」

「姑且說是善惡參半吧。」

「我的天啊……你想要讓我得到救贖。」她不敢置信地搖頭。「軍團怎麼會到現在還沒有看透你？」

「答案很簡單：要愚弄邪惡的人很容易。」

她大笑。「我大概沒資格反駁。不過我還是不知道你在想什麼耶。在我對你做了那種事以後……」

「關於那件事，」他說，「我知道我可能不能相信妳的回答，但我非問不可：妳把我交給他們時，是因爲……妳恨我嗎？」

「你是說我是不是針對你？哎，不怎麼算是……『老媽』的事是針對她，」她說，「絕對不用懷疑。可是對你嘛，唔，也許有一點點針對——畢竟你是我弟弟嘛——不過主要只是，狄克森怎麼說的來著？『眞正嚴重罪行』。對，我猜我是難以抗拒這類誘惑。」她望向門，不抱太大希望。「聽著，我知道你不能就這麼放我走，不過我有沒有機會說服你給我三十秒的領先逃跑優勢？」

「抱歉，珍。」

「那就十五秒也行。拜託嘛，菲爾，你說你想救我。我還是有可能轉性的。」

「如果妳轉性了，妳該找上帝談談。妳想怎麼死？」

「是喔，好吧……我選中風好了，比心臟病少痛一點，而且也許離開的過程中還能觀賞美麗的燈光秀。」

他點點頭，把指針調到CI模式。他深吸一口氣，緩緩吐出來。

他那副費力鼓起勇氣的模樣又逗樂她了：「天啊，菲爾，換作是我早射你十遍了。」

「抱歉。」他回答，但他還是在猶豫。她看著他，從他的遲疑中獲得力量。當槍管舉起時，她很平靜，她的遺言幾乎是仁慈的。

「沒關係的，小弟。」她說，「我準備好了，送我去挪得吧。」

《壞猴子》完

致謝

首先，感謝一般慣見的嫌疑犯：我的太太Lisa Gold；我的經紀人Melanie Jackson；還有我的編輯Alison Callahan。還要感謝Lydia Weaver、Olga Gardner Galvin、Jeanette Perez、Matthew Snyder、Harold與Rita Gold、Kathy Cain、Charles McAleese、Michael Hilliard，還有我在Queen Anne Books未支薪的公關人員：Patti McCall、Cindy Mitchell、Tegan Tigani、Lillian Welch、Hilary Vonckx、Torrie Marshall、Hollis Giammatteo、Mary Helbach、Irene Piekarski、Anne Wyckoff，以及Nichole Mogen。

Louis Collins以及華盛頓讀書會是《壞猴子》初稿開篇幾章的試讀者，他們正面的回應讓我相信這確實是我要努力寫下去的書。Jennifer Smith、Christopher Bodan和Zoe Stephenson讀了完稿並協助釐清幾個懸而未決的疑問。Zoe Stephenson也再次確認我的拉丁文沒錯，John Crowley則確認第三遍。Anna Leube在德文方面助我一臂之力。Josh Spin以他一貫的沉著回答我那些天馬行空的醫學問題。Philip K. Dick、Trey Parker、Matt Stone、David Simon、Lawrence Sutin、Neal Stephenson、David Friedman、Bruce Schneier、Jan Harold Brunvand、Neil Steinberg以及Reverend Jack Ruff提供我靈感、洞見和巧妙的軼事。謝謝你們。

在繆思女神方面，我要感謝潘蜜拉・蘇・馬汀、麗茲・費兒和《魔法奇兵》中的邪惡薇洛。

最後，感謝國家藝術基金會提供的獎助金，讓我買到足夠的時間寫完這本書。政府或許不會打擊邪惡，但它確實有充滿恩惠的時刻。

麥特・羅夫

壞猴子 / 麥特.羅夫（Matt Ruff）著；
聞若婷譯. -- 初版. -- 台北市 : 蓋亞文化, 2022.01
冊； 公分. --（Fever ; FR078）
譯自：BAD MONKEYS
978-986-319-608-2（平裝）

874.57 110018786

Fever FR078

壞猴子

作　　者　麥特・羅夫（Matt Ruff）
譯　　者　聞若婷
封面插畫　Blaze Wu
封面設計　莊謹銘
責任編輯　盧韻亘
總 編 輯　沈育如
發 行 人　陳常智
出 版 社　蓋亞文化有限公司
地址：台北市 103 承德路二段 75 巷 35 號 1 樓
電話：02-2558-5438　　傳眞：02-2558-5439
電子信箱：gaea@gaeabooks.com.tw
投稿信箱：editor@gaeabooks.com.tw
郵撥帳號 19769541　戶名：蓋亞文化有限公司
法律顧問　宇達經貿法律事務所
總 經 銷　聯合發行股份有限公司
地址：新北市新店區寶橋路二三五巷六弄六號二樓
電話：02-2917-8022　　傳眞：02-2915-6275
港澳地區　一代匯集
地址：九龍旺角塘尾道 64 號龍駒企業大廈 10 樓 B&D 室
電話：+852-2783-8102　　傳眞：+852-2396-0050
初版一刷　2022年01月
定　　價　新台幣 330 元
Published and printed in Taiwan

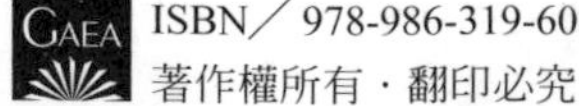
ISBN／978-986-319-608-2